나비처럼 잠시 머물렀으나
먹물처럼 지워지지 않는 것…
그것은 청춘!

이 땅의 청춘들에게 이 책을 바칩니다.

그대, 청춘

보석같이 젊은 날을 위한 15일 인생수업

그대, 청춘

김열규 지음

비아북
ViaBook Publisher

이 땅의 청춘에게 고함

청춘은 여명이다. 아직도 어둠이 미적대고 있는, 저 멀리 까마득한 물마루에 새벽 놀이 끼치기 시작한다. 이내, 온 수평선 위의 하늘을 밝히면서 태양이 동터 오른다. 바로 그 개벽의 순간, 천지창조의 순간, 그게 청춘이다.

그렇기에 청춘은 희망이요, 미래이다. 민족과 인류의 내일에 바쳐질 무한의 가능성이다. 청춘은 바야흐로 다가드는, 새로운 시대를 위한 선두주자요, '아방가르드'이다. 심지어 순교殉敎마저 마다 않을 최전방의 전력이다.

그들의 눈은 천리안이다. 그들의 시야는 천 리 바깥을, 천 리를 넘어 까마득한 피안을 투시한다. 인류의 미래, 새 지평이 열린다. 그래서 청춘에게는 인류의 미래를 위한, 민족의 내일을 위한 막중한 기대가 걸린다. 기성세대가 기대를 거는 것뿐만 아니라 새로운 것에도 그들 스스로 개척자를 자임한다.

그것이 청춘의 긍지이고 명예이다. 그리고 축복이다. 스스로 어깨에 지고 나선 부하負荷의 부피가 크고 짐짝의 무게가 무거울수록 그들에게 그것은 크나큰 축복이다. 그런데 그 축복이 커질수록 그들 스스로 나서서 막중한 책임감을 즐겨 감당해야 한다. 청춘의 축복, 젊음의 긍지 그리고 명예는 자진해서 감당할 책임감의 무게와 비례한다.

이래서 청춘은 도전이자 고행이 된다. 그들은 수행자처럼 고난의 길을 마다 않고 밟아나간다. 시련은 그들에게 기회일 뿐이다. 그들에게 창조는 곧 시련이고 도전이다. 고난과 시련을 겪을수록 피가 더 끓어오르고, 가슴은 용광로처럼 달아오른다. 청춘은 열정, 의욕, 투지의 왕국이다.

그래서 청춘은 치밀한 인생 전략을 세워야 한다. 차가운 이성, 육중한 자제력, 묵직한 인내심이 그들의 타오르는 핏줄과 어울려 있어야 한다. 여기에 다다라서 청춘은 비로소 그 자화상을 온전히 완결 짓는다. 황혼에 서서 벅찬 가슴으로 여명을 바라보는 나는, 이 책을 통해 '그대, 청춘'들의 자화상을 그려 보이려고 애썼다.

2010년 1월

김 열 규

차례

최선을 다하지 않은 자, 유죄!

젊음의 시간은 폭포이다
그래서 청춘은 질풍노도를 벗한다

인생의 절반 _요한 횔덜린

노란 배들이 매달려 있고
들장미가 가득한
호수 안의 땅
너희, 우아한 백조들
입맞춤에 취해
너희 머리는
성스럽고 차가운 물에 담그니.

애통하다, 겨울이 오면 나는
어디에서 꽃을 얻을까, 햇빛을
얻을까, 어디에서
지상의 그림자를 얻을까?
담장들 말없이 차갑게
서 있고, 바람에
풍향계 덜거덕거리고.

젊음에 주어진 인생의 시간이 결코 길지 않으니,
시간의 주인이 되어 알차게
삶을 꾸려가라는 경구와 조언은 동서고금에 차고 넘친다.
특히 고대 로마의 철학자 세네카는
《인생의 짧음에 관하여》라는 글을 통해
'시간의 부자'가 되는 것의 중요성을 역설했다.
소중한 시간을 손가락 사이로 마구 흘려보내는 이들은
스스로 인생을 짧게 만드는 것이며,
하루하루를 마치 삶의 마지막 날인 것처럼
활용하는 사람들에게는 인생이 충분히 길다는 것이다.
젊음의 화려함과 생애 후반의 쓸쓸함을
함축적으로 대비시킨 횔덜린의 시 <인생의 절반>은
쏜살같이 달아나는 인생의 시간에 대해 사색하게 한다.

하나

청춘에게 인생이란 시간은 무진장일 것이다. 젊은 시간은 오고, 오고, 가고, 가기를 끝도 없이 되풀이할 것처럼 느껴지기도 할 것이다. 뿐만 아니다. 젊은이들의 시간은 그 빛이 영롱하게 파르랄 것이다. 그 율동은 돌진하는 기관차처럼 역동에 넘쳐 있을 것이다. 파랗게, 힘차게 맥동 脈動하고 있을 게 틀림없다.

하긴 시계라는 기계의 시간은 누구에게나 같을 것이다. 일 분 일 초도 어김이 없을 것이다. 자로 잰 듯이가 아니고 자로 잰 그대로 시간은 움직이고 옮겨갈 것이다. 하지만 우리는 시간을 피동적으로 지나 보내기만 하는 것은 아니다. 시간을 물리적으로 놓아 보내고 있는 것도 아니다. 인간이란 생명체는 그 자체의 생명 박동으로서 시간을 겪어낸다. 그럴 때 우리 가슴의 고동이 경우에 따라서는 빠르고 느리듯이 시간도 속력을 늦추고 더하곤 한다. 아예 멈춰 서기도 한다. 시간은 겪기 나름이다. 심지어 인간은 누구나 자기 시간을 만들어내기도 한다.

어느 순간 문득 공포에 떨거나 엄청난 놀라움을 경험할 바로 그 찰나 우리의 숨결이 멎는 것과 함께 시간이 멎는 것도 경험하게 된다. 그럴 때 우리는 누구나 영의 시간, 제로 zero의 시간을 실감하게 된다. 그런가 하면 우리의 맥박이 경우에 따라서 뛰고 주춤대듯이 우리가 겪어내는 시간 또한 머뭇대고 쭈뼛쭈뼛하기도 할 것이다. 그렇게 시간은 움직임을, 역동을 그때그때 달리한다. 우리에겐 각자 자기 나름의 시간이 있기 마련이다. 그래서 우리는 시간을 통제하기도 하고 조절하기도 한다. 각자가 어느 정도는 시간의 주체가 되는 것이다.

미하엘 엔데의 동화 《모모》에서는 시간이 울리고 피고 한다. 귀여운 꼬마 소녀 모모는 '마이스터 세쿤두스 미누티우스 호라'에게서 시간을 배운다. 그가 인도하는 대로 모모는 시간을 실습하듯이 직접 경험한다. 이 시간의 교사는 이름부터가 시간과 맞물려 있다. 세쿤두스는 영어의 세컨드second로 시간의 최소 단위인 초를 의미하고, 미누티우스는 영어의 미니트minute로 또 다른 시간의 단위인 분을 의미한다.

그럼 마이스터 호라의 이름을 우리말로 옮기면 어떻게 될까? 당연히 '마이스터 초 분 호라'가 될 것이다. 마이스터가 장인匠人 또는 거장巨匠을 의미한다는 것까지 계산에 넣으면 우리말로 옮긴 호라의 이름은 '거장 초 분 호라'가 된다. 조금 더 풀어서 옮기면 '초와 분을 관장하는 위대한 호라'가 될 것이다. 그래서 호라의 이름에서는 똑딱대는 시계 초침의 움직임과 소리에 더해 째각대는 분침의 소리와 움직임이 들려오고 또 보일 것이다.

그는 결국 '초와 분의 거장 호라'이고, 그것은 그가 에누리 없이 시계 그 자체이자 시간 그 자체라는 의미이기도 하다.

크게 보아서 마이스터 호라는 시간의 신과 마찬가지인 셈이다. 그러니 누구든 시간이 무엇인지를 알고 싶다면 호라를 찾아가서 가르침을 받아야 할 것이다. 그런데 우리는 마이스터 호라가 아니지만 누구든 어느 정도는 자기 시간, 자기 혼자만의 시간을 갖는다. 누구든 스스로 시간의 마이스터가 된다. 그렇기에 우리 각자는 또 다른 호라인 셈이다.

앞에서 말한 대로 우리는 삶의 리듬이며 박동에 따라서 빨라지고 느려지는 시간, 심지어 멈춰서는 시간도 경험하게 된다. 이것은 우리가 실제로 경험하게 되는 시간의 상대성이다. 그런 면에서 라이너 마리아 릴케의《말테의 수기》는 재미난 시간 이야기를 들려주고 있다.

이 작품 속에는 주인공 말고 묘한 젊은이 하나가 등장한다. 그는 하루 온종일 거의 침대에 누워서만 지낸다. 그 이유가 여간 묘한 게 아니다. 젊은 나이인데도 죽음을 의식한 그가 제게 찾아들 죽음을 늦출 방안을 강구하다 못해서 누워 지내기를 택한 것이다. 그렇게 꼼짝 않고 죽치고 있으면 시간도 멈추다시피 할 것이고, 그러면 죽음의 시간도 아예 찾아들지 않거나 하다못해 느릿느릿 다가올 것이라고 생각한 것이다. 말하자면 그는

'시간의 상대성 법칙'을 지켜내려고 한 것이다.

　이와 같은 시간의 상대성 법칙은 인생의 어느 연령층에나 두루 통할 테지만 젊음의 시절에 그 법칙은 더 요란하고 다급하게, 벅차게 작용한다. 아우성치고 설친다. 청춘에게는 그 시간도 청춘이기 마련이다. 펄펄 끓을 것이고 우렁우렁 벼락을 칠 것이다. 솟구치기도, 날기도 할 것이다.

　젊음의 시간은 폭포 같다. 청춘의 시간은 급물살을 탄다. 젊은 시간은 쏜살같다. 해일海溢같이 율동하고 노도怒濤같이 내닫는다. 청춘의 시간은 폭풍이 되어 불어닥치고, 회오리가 되어서 몰아친다. 젊음은 그것들과 장단 맞추어서 뛰고 달리고 질주한다. 그래서 젊은 목숨은 질풍노도疾風怒濤를 벗한다.

　그래서 속전속결速戰速決은 젊은 인생의 병법 제1조나 다름없다. 빨리 싸움판을 벌여서 재빨리 결말을 내고는 승리의 깃발을 올려 세우는 것, 그게 젊음다운 동력이다. 머뭇댈 게 없고 우물댈 턱이 없다. 무엇이나 당장에 마음먹기 나름이고, 그 순간에 결심하기 나름이다. 젊은 동안, 바로 지금 이 순간이 바로 시간이다. 젊은 시간의 의미와 기능은 그렇게 결정된다.

　한순간, 한순간!

　한 찰나, 한 찰나!

　그게 바로 젊음을 젊음답게 만드는 시간이다. 젊음에게 '바로 '지금 이 순간'은 영원과도 같은 것이다. 아니, 시간 그 자체와도 같은 것이다. 하지만 그럴수록 문제가 생겨난다. 순간의 틈새를 비집고 말썽이 인다.

시간과 세월은 흘러서 사라지고, 기회는 확실치 못한 것이다.

영국에서는 이런 경구警句가 사람들 입에 오르내린다. 이 말에는 아무 잘못도 없다. 백 번 옳은 말이다. 그런데 이 경구는 젊음이라는 '순간의 시간'을 위해서 생겨난 것과 다를 바가 없다.

"나는 아직 젊으니까!"
"젊은데 뭐, 시간이야 지천이지!"

이따위로 웅얼댈 바로 그 찰나에 젊은 시간은 달려드는 빠르기만큼 쾌속으로 내닫는다. '아차!' 하는 사이에 젊은 시간은 줄달음질친다. 내뺀다. 그래서 시간으로 말미암아 언걸먹게 되어 있다. 그게 문제이다. 말썽거리고 골칫거리이다. 그래서 젊은 동안 그 주어진 시간에 집요하게 매달려야 한다. 집중해야 하고 엉겨 붙어야 한다. 그 뒤의 다른 어떤 시간보다 그것에 매달려야 한다. 집요하고 악착같아야 한다. 젊음에게는 한순간,

한순간이 끈끈이라야 한다. 순간이 찰지고 깐깐해야 한다. 한순간이 마치 영원인 듯이 달라붙어야 한다. 그래야 순간이 영원이 되어서 젊음을 반겨줄 것이다.

시간은 라틴말로 '크로노스Kronos'라고 하는데, 몇몇 이론가들이 제법 이론을 세워서 그것을 '카이로스Kairos'와 구별 짓기도 한다. 크로노스는 시계가 재어주는 바로 그 시간이라서 누구에게나 그 길이가 꼭 같다. 다시 말해 크로노스는 객관적이고 물리적인 시간이다. 그러나 카이로스는 다르다. 우리 각자가 주체가 되어서 겪고 치르는 데 따라서 상대적으로 달라지는 시간, 그것이 카이로스이다. 카이로스는 앞에서 말한 '마이스터 호라'의 시간과 같은 성질을 갖춘 시간인 셈이다.

젊음의 카이로스, 그것은 한순간 한순간이 온통 생명력으로 넘쳐야 한다. 생동감 넘치게 할딱이는 숨결이기로는 시간의 몫으로나 젊은이 본인의 생명이며 활동의 몫으로나 다를 게 없어야 한다. 한순간, 한 찰나가 인생의 전부인 듯이 집요하게, 질기게 달라붙어야 한다. 그러면 젊은이가 누리고 있는, 바로 당장의 순간은 영원이 될 것이다. 그래서는 어제가 새로이 되살아날 것이고, 내일이 미리 내다보일 것이다. 어제가 오늘에 깃들고, 내일이 오늘에 싹틀 것이다. 지금의 '순간'이 과거를 머금고 미래를 품어 안은 '온전한 전체의 시간'이 될 것이다.

둘

인생은 소비가 아니다. 낭비는 더욱 아니다. 상품이나 돈은 낭비하고 탕진하면 또 구하고 사들이면 된다. 다시금 벌면 된다. 하지만 아차! 젊음의 시간을 한번 낭비하고 나면 그걸로 끝이다. 인생은 소비가 아니기에 당연히 건설이어야 한다. 그 가운데서도 젊은 인생은 건설의 또 건설이어야 한다. 온 인생의 밑그림이 젊은 손에 의해서 그려지기 때문이다.

젊음은 온 인류의 인생을 위한, 온 세계를 위한 새로운 건설의 밑그림이어야 한다.

이것은 젊음이 가장 다급하게 지켜내야 할 계명, 가장 요긴한 계명이다. 지키고 감당하고 실천해내야 할 지상 명령이고 소명召命 같은 것이다. 우리는 흔히 '틴에이저teenager'란 말로 젊음을 나타낸다. 우리말로 직역하면 '십대'가 될 테지만 그렇게만 표현하고 말 것은 아니다.《영국인의 문화와 정체성》이란 책을 쓴 박우룡 교수에 따르면 '틴에이저'는 의젓한 내력을 갖추고 있는 말이다. 이 낱말은 1950년대에 비로소 시대적 언어 또는 사회적 언어로 사용되기 시작했는데, 그게 하필이면 그 당시 영국과 북아메리카를 흔들어댄 대중문화, 소비사회와 맞맺어져 있다는 것이다.

1950년대 이후 이루어진 영국 청년에 관한 연구는 젊은이가 입는 복장, 듣는 음악, 보는 영화, 그리고 가는 곳을 통해 그들이 보여주는 특징에 맞추었다. 그러한 젊은이의 특징을 관찰해서 쓴 저서에서 리처드 호가트는 미국화의 영향에 푹 빠져서 대중문화에 의해 소비되고 있는 당시 영국의 틴에이저의 이미지를 보여줬다.

여기서 특별히 주목할 대목은 "대중문화에 의해 소비되고 있는 당시 영국의 틴에이저"이다. 그러면서 오늘날 한국 사회의 젊은이들이 바로 '대중문화에 의해 소비되고 있는 틴에이저'라는 사실을 깨달아야 한다. 그런데 우리의 '틴에이저'들은 대중문화에 의해서만 소비되고 있는 것이 아니라서 사태가 더 심각하다. 소비사회, 소비문화에 의해서도 우리의 틴에이저들은 소비되고 있다.

"소비가 미덕이다."

한때 기업과 상인들은 이렇게 시민들을 유혹하고 충동질했다. 그 흐름 속에서 우리 사회도 어느 겨를에 소비사회가 되어 갔고, 젊은이들도 덩달아서 '소비 틴에이저'가 되어갔다. '소비인생'이 되어갔다. 소비는 낭비와 통하고 허비와 통한다. 여기서 문제 삼는 소비는 상품의 소비도 아니고 돈의 소비도 아니다. 그보다 백 배, 천 배, 아니 천만 배는 더 무서운 시간의 낭비, 목숨의 낭비, 삶의 낭비, 그것이다.

일방적인 쾌락은 삶의 허비이고 낭비이다. 그러나 모든 쾌락이 다 그런 것은 아니다. 쾌락도 쾌락 나름이다. 모두가 유죄는 아니다. 예를 들어 영어로 '에피큐리어니즘epicureanism'이라면 쾌락주의자를 의미하는데, 그 말의 뿌리는 그리스의 철학자 에피쿠로스에 닿아 있다. 에피쿠로스의 어떤 행동양식 또는 사고방식이 곧 에피큐리어니즘인 셈이다.

에피쿠로스는 동료들과 자연에서 유유자적하며 담론하는 것을 쾌락으로 삼았다. 조선 시대 고결한 선비들의 청유淸遊 그대로인 셈이다. 각자 자기 자신의 내심이 바라는 대로, 죄도 악도 될 것 없이, 삶의 낭비도 허탕도 아닐 뿐더러 오히려 건전한 삶을 영위하는 데 도움이 되도록 즐거움을 누리고 노닐고 하는 쾌락도 있는 법이다. 그러면서 남들에게 보람을 선물하는 쾌락도 있을 수 있다.

그는 거리의 어릿광대였다. 그는 사람들 왕래가 많은 거리에서 광대 노릇을 해댔다. 그는 물구나무서기를 했다. 하늘을 향해서 곧추세운 두 발 끝에 접시를 올리고는 뱅글뱅글 돌려댔다. 그 재주가 비상하다 보니, 사람들은 동전을 무더기로 던져주었다. 그에게는 그게 업이었다.

어느 날, 여느 날처럼 물구나무서기가 끝나고 땅바닥에 던져진 돈을 챙겨서 일어서는데, 웬 수도사가 그에게 말을 걸었다.

"자네, 하느님께 죄 짓고 있다는 걸 모르나?"

"제가 뭘요?"

광대는 뜨악해서 물었다.

"매일 하느님이 계시는 하늘을 향해서 발을 돌려대고도 죄를 모르다니?"

광대는 수도사의 말에 가슴이 뜨끔했다. 광대는 그 길로 수도사를 따라서 수도원으로 갔다. 그는 매일매일 마리아 상 앞에 엎드려서 용서를 빌었다. 그러던 어느 날, 실망한 광대가 수도사를 찾아왔다. 아무리 용서를 빌어도 마리아께서 들어주실 낌새를 보이지 않으니 어떻게 하면 좋겠느냐고 물었다.

"그건 네가 최선을 다하지 않았기 때문이야."

수도사의 말이 떨어지자 광대는 무릎을 치고는 밖으로 달려 나갔다. 궁금해진 수도사가 이내 뒤따라 붙었다. 마리아 상으로 뛰어간 광대는 그 앞에서 불문곡직하고 물구나무서기를 했다. 그리고 하늘을 향해서 거꾸로 선 두 다리를 뱅글뱅글 돌려댔다.

프랑스 작가 아나톨 프랑스의 〈성모의 마술사〉의 줄거리이다. 광대에게 물구나무서기는 장사 밑천이자 그 자신을 위한 즐거움이었다. 게다가 물구나무서기로 남들에게 기쁨까지 듬뿍 듬뿍 안겨줄 수 있었다. 그건 그가 인생을 살아가는 그리고 자신을 생동하게 하는 최선이었다.

오늘의 갖가지 위기와 파란 속에서, 그리고 소비와 쾌락의 소용돌이 속에서 그 모든 것을 이기고 넘어서자면, 온갖 장애와 훼방 속에서 구원을 받자면 누구나 어릿광대가 되어야 한다. 남부끄럽지 않고 스스로 꿀리지 않는 자기만의 최선을 당당히, 힘껏 살려내는 것, 그것이야말로 오늘의 위기와 환난患難 속에서 최후의 승자가 되는 길이다. 우리 젊음을 위한 최선의 길이 바로 거기에 있다.

셋

지구의 생명은 앞으로 얼마나 지탱될까?

부질없고 허황된 듯이 느껴져서 질문이고 뭐고 대답할 값어

치가 없는 것처럼 느껴질 것도 같다. 하지만 각종 오염으로 인한 지구의 생존 위기를 샅샅이 들여다보고 있는 지구과학자, 천문학자, 화학자들로서는 여간 절실하고 다급한 질문이 아닐 수 없다. 가슴이 저리고, 간이 조리고, 애가 탈 질문이다.

지구의 내일을 두고서 "사느냐 죽느냐? 그것이 문제로다"라고 햄릿의 독백을 흉내 낸다고 해도 이상할 것이 없다. 이산화탄소의 거대한 띠가 지구를 에워싸고 있는 것은 익히 알려진 사실이다. 지구 주변의 대기가 오존층에 감싸여 있다는 것 또한 언론 매체의 다큐멘터리며 보도를 통해 잘 알려져 있다. 그 두 겹의 오염 가스 띠가 지구라는 생명체의 목을 옥죄고 있다.

그런데도 대부분의 사람들이 나 몰라라 하고 시치미를 떼거나 그까짓 것 하고 딴전을 부린다. 그것이 인심이다. 이대로라면 지구상의 온 인류가 공동으로 유서를 써야 할 판인데도 희희낙락 낙서질만 하고 있는 꼴이다.

지구과학자도, 화학자도 아니고 그렇다고 환경론자도 아니면서 지구를 구하는 운동에 단역이라도 맡아서 몸을 바치겠다고 나선 젊은이가 있다. 미국 서부의 변두리 땅, 사막으로 에워싸인 뉴멕시코의 광야에 혼자 살기를 결행한 젊음이 있다.

그의 이름은 덕 파인으로 《굿바이 스바루!》라는 잘 알려진 책의 저자이다. 이 책에는 부제副題가 붙어 있는데, 바로 "뉴욕 촌

놈의 좌충우돌 에코 농장 프로젝트"이다. 이 말은 무슨 코미디언의 넉살을 연상시킨다. 하지만 이 말을 익살이 묻은 과장으로만 치부해버릴 수는 없다. 이 짧은 한마디에 덕 파인의 젊음이 싱그럽게, 또 사실적으로 아로새겨져 있기 때문이다.

그는 뉴욕 출신의 알짜 '뉴요커'이다. 우리 식으로 말하면 100퍼센트 '뉴욕내기'이다. 뉴요커들은 자신들이 아니면 누구도 흉내 내지 못할, 혓바닥 굴림으로 '뉴요커'를 발음한다. '뉴'를 별스레 요란하고 날카롭게 외치고는 어깨를 으쓱하는 것이다. 그들은 그런 식으로 자신들이 영원히 '뉴'하다고, 절대적으로 새롭다고 뽐내는 것일지도 모른다. 그들이 바로 뉴요커이다.

그런데 덕 파인은 그런 뉴요커의 자리를 기꺼이 내팽개쳤다. 정말 여간한 '파인 플레이'가 아니었다. 그가 훗날 엄청나게 '덕'을 볼 '파인' 플레이였던 셈이다. 그는 스탠퍼드 대학교 출신이다. 미국 동부의 오래된 명문 대학들을 통칭해서 '아이비 리그'라고 부르는데, 그중 스탠퍼드는 하버드나 예일과 맞겨룰 만한 명문 중의 명문이다. 그 대학 출신이라면 인생에서 남다른 특전을 보장받은 것이나 마찬가지이다. 그런데도 그는 미련 없이 그런 특전을 포기했다. 입에 물린 복을, 하늘이 내린 행운을 스스로 박찬 것이다. 하지만 그것이 바로 인생의 신천지를 개척하기 위한 시발점이었다. 명문 대학 졸업생으로 걸어갈 탄탄대로를 포기한 것이야말로 인생의 '터닝 포인트'였다.

덕 파인은 대학을 마치자마자 배낭을 메고는 세계 여행을 떠났다. 그는 세계의 구석진 곳만 골라내다시피 해서 고독한 배낭여행을 계속했다. 라오스, 미얀마 등 동남아시아 땅을 밟은 그의 발걸음은 우즈베키스탄, 타지키스탄 등 중앙아시아를 헤맸다. 그러고는 그의 발길은 과테말라 같은 중남미 지역과 르완다 같은 아프리카의 나라에까지 두루 미쳤다.

그는 전 지구의 5분의 4 정도를 여행하되, 하필이면 미개지나 오지, 분쟁 지역만을 골라서 순례하다시피 한 것이다. 그러면서 그는 현지에서 기자 노릇도 했다. 그 스스로 날아드는 총알 사이를 헤집고 다녔다고 말할 정도였다. 그는 글로벌리즘의 김삿갓이었다.

한편으로 그는 참다운 여행의 보람을 누리기 위해 일부러 알래스카 여행을 기획하기도 했는데, 그 여행담을 실은 책의 제목이 여간 멋진 게 아니다. "진짜 알래스카 산 사나이는 아니지만"이라는 제목은 오히려 그가 알래스카 산 사나이 못지않게 등산에 혼신의 힘을 바쳤음을 강조하고 있다. 그가 찾아간 오지며 미개척 지역이며 분쟁 지역에서도 마음자세는 마찬가지였을 것이다. 그는 그 나라, 그 지역의 사람이 된 듯이 여정을 꾸려간 것이다. 그의 글로벌리즘은 그토록 철저했다.

그런 그가 하필이면 미국 서남부 끝자락 사막 한복판의 황무지에 틀어박히다니! 범지구적인 글로벌리스트가 하루아침에 극단적인 로컬리스트로 변신한 것이다. 그런데 책의 부제 말고 또 다른 한 대목의 글이 그의 젊은 인생 전체를 부감하게 해준다. 책의 맨 앞, 서문에 들어서기 직전에 다음과 같은 글이 무슨 비문碑文처럼 새겨져 있다.

> 21세기 초엽의 어느 운명적 일주일
> 내게 집을 봐달라고 부탁하여
> 내 마음에 숨어 있던 염소 사랑을 발견하게 해준
> 셀리 맥과이어 님께
> 이 책을 바칩니다.

'운명적 일주일'이라니, 그게 뭘까? 운명적이라고 허풍을 떤 것 같은 그 속내는 도대체 뭐란 말인가? 고작 일주일 만에 달라지는 운명이란 것이 있기나 한 것일까?

그건 그가 2005년 미국 문명의 본거지인 북동부의 정든 대도시를 떠나서 수천 킬로미터 떨어진 서부의 남쪽 끝 사막 지대, 극과 극으로 다른 야성의 대지, 사람의 손이 미치지 못한 황무지의 땅, 뉴멕시코의 한구석으로 옮겨 온 것을 의미한다.

이 돌연변이는 뭘까? 뉴욕 출신에다 유수의 명문대 출신인 한창 나이의 젊은이가 문득 사막의 도마뱀 꼴을 자처하고 나선 것은 도대체 무슨 영문일까? 전 세계의 구석진 곳만 골라서 순례자처럼 헤매던 나그네가 미국의 변두리 중의 변두리, 그것도 사람 사는 마을과 외따로 동떨어진 구석지에 둥지를 튼 것은 뭘까? 이유야, 곡절이야 어쨌든 청춘의 그가 정착지로 삼은 곳은 광활한 뉴멕시코의 외진 땅이었다.

펑키 부트 목장이라고 이름 붙인 그 땅은 뉴멕시코의 한 귀퉁이에 자리 잡고 있지만 그 넓이가 자그마치 16만 평방미터였다. 사방의 둘레가 각각 160킬로미터, 우리 이수로 치면 40리나 된다. 동서남북 둘레가 각각 서울에서 수원까지의 거리만 한, 그야말로 광야이다. 개인으로서는 공화국을 하나 장만해서 건국한 것이나 다를 바 없다.

바로 거기에 평생을 바쳐서 목숨을 부지할 둥지, 영주의 근거지를 마련하고 난 그날부터의 한 주일, 그것이 바로 '운명적인 일주일'이다. 그 동기는 그가 12년에 걸쳐서 무려 32만 8,000킬로미터나 몰고 다닌 고물차 일제 스바루가 마련해주었다.

그가 새로운 목장에 차를 세우고는 저만큼 가서 서 있는데, 느닷없이 차가 저절로 움직이는 것이 아닌가. 차는 조금 비탈진 풀밭을 슬금슬금 뒷걸음질치면서 미끄러졌다! 그러다가 마침내 큰 참나무에 부딪쳐서는 겨우 멈춰 섰다. 차체 일부가 쭈그러지고 우그러졌다.

그것이 바로 운명을 뒤바꾸는 결정적인 계기가 되었다. 그 순간 그는 두 가지를 깨달았다. 하나는 석유라는 화석연료를 쓰지 않고도 차가 구른다는 것이고, 다른 하나는 차를 정차했을 때는 반드시 핸드브레이크를 걸어야 한다는 것이었다. 어쩌면 시시하고 별것 아닌 깨달음이지만 사막 곁의 광야에 홀로 살 터전을 갓 마련한 당사자로서는 인식의 전환을 위한 계기가 되었다.

첫 번째 깨달음을 통해서는 휘발유나 경유 따위의 화석연료를 쓰지 않고도 차를 몰고 다닐 수 있는 가능성을 검토하는 계기를 얻었다. 그리하여 화학자도 아닌 그는 고생 끝에, 궁리 끝에 마침내 먹다 남은 음식 찌꺼기를 비롯한 생활 폐기물을 활용해서 자동차 연료를 얻어내는 데 성공할 수 있었다. 거기에는 "지구를 이산화탄소에서 지켜내자!"는 신념이 꿈틀대고 있었다. "50년, 100년밖에 인간 문명의 수명이 남지 않았을지도 모른다"는 생각을 하고 있던 그에게 이 일은 일종의 '녹색 혁명'을 위한 봉화불이 된 것이다.

그것은 차를 세우면서 핸드브레이크를 채우지 않은 실수에서 얻은 신념이었기에 다분히 역설적이었다. 별것도 아닌, 흔해빠졌다고 할 수도 있는 작은 사건에서 중차대한 교훈을 얻어낸 것을 우리는 높이 평가해야 한다. 그것도 온 인류와 지구를 위한 교훈이라는 점에 주목하고 싶다.

첫 번째 깨달음은 그렇다 치고, 두 번째 깨달음은 어떨까? 어떤 의미가 있을까?

핸드브레이크에 문제가 있다는 사실을 깨달은 순간이 기억난다. 어쩌면 그보다 4분의 3초쯤 전에 내 자동차와 내 집 사이에 어정쩡하게 서 있다가 뭔가 움직이고 있는 게 시야에 잡힐 수도 있었다.

37킬로미터 거리에 있는 실버시티 읍내에 일주일에 한 번, 엄청난 양의 장을 보러 갔다 막 돌아온 참이었다. 그때 내 차에는 다섯 곳의 가게에서 산, 상자에 든 잘 익은 유기농 토마토 등이 실려 있었다. 캘리포니아에서 1,300킬로미터 떨어진 곳에서 재배되어서는 대략 450리터의 화석연료를 소비하여 실버시티의 생활협동조합으로 이송된 것이었다.

이처럼 애써서 사온 물건을 실은 스바루 차가 핸드브레이크를 걸지 않은 바람에 저절로 움직여서 그에게 큰 손해를 끼친 것이다. 그런데 그게 역설적으로 그에게 중요한 결의를 하게 했다. "차에 휘발유를 쓰는 것에 브레이크를 걸자!" 이 혼자만의 외침은 더 크게 울려 퍼져서 다음과 같은 결의를 하게 했다.

이제 더는 화석 연료, 곧 석유를 쓰지 말자!
지구 온난화의 무서운 부작용을 빚는 생활 방식은 그만두자!
녹색 환경을 지켜내자!
생태 유기 농업을 실천하자!

이 같은 결의를 다지고 이를 실천하겠다는 마음을 다잡는 것, 그것이 바로 '운명적 일주일'을 마련해준 것이다. "이 같은 결의에 어긋나는 생활 방식, 생활 태도에는 브레이크를 걸자!" 그 결심을 한 것이 '운명적 일주일' 동안이었다. 청년 덕 파인에게 이 7일은 폭포처럼 솟구치고 폭풍우처럼 몰아쳐서 그의 운명을 바꾸어놓은, 고도로 집약되고 응축된 시간이었다.

그는 생전 처음으로 자기 땅에 밭을 일구었다. 그는 혼잣몸으로 밭농사를 지었다. 그는 대파, 고수, 바질, 양상추, 근대, 토마토를 심었다. 그는 자기가 생산한 농산물만 먹고 살기로 작심했다.

직접 기른 염소의 젖으로 만든 치즈
텃밭에서 딴 잘 익은 유기농 토마토 두 개

텃밭에서 기른 바질 잎 다섯 장
돌절구로 간 참깨 크래커 여섯 개
소금 약간

이것이 덕 파인의 평소 식단이다. 이것은 그의 먹을거리만이
아니라 그의 생활 전반을 일러준다. 게다가 염소는 혼자 밭농사
를 지으며 사는 덕 파인의 둘도 없는 친구이다. 가족이나 마찬
가지이다.

다음날 아침 일찍 염소 축사에서 잠을 깨어보니, 온몸이 쑤시고
냄새가 났다. 나도 모르게 염소 무리의 대장으로 승진한 것 같았
다. 새끼 염소들은 어딜 가나 내 뒤만 쫄쫄 따라다녔다(지금까지
도 그러고 있다). 녀석들은 처음 젖병을 물려줬을 때부터 줄곧 나
를 어미로 알았던 것 같다. 아니면 최소한 축사 문이 열리고 건
초, 곡물, 우유처럼 멋진 먹이들이 나타날 적마다 어김없이 등
장하는 인물이란 것을 눈치 채고 있는 것 같았다.
이래서 나는 밤에 치타와 같은 맹수 때문에 축사 주위를 돌아본
뒤에 기진맥진하여 총을 잡은 채로 염소들과 등걸잠을 자곤 했
다. 그것은 나의 어김없는 현실이었다.

이것은 덕 파인 인생의 축도縮圖이다. 잠자는 공간을 함께 할 만큼 그와 염소 사이에는 거리가 없다. 그렇게 잠자고 난 아침에 손수 가꾼 밭에서 채소를 뜯어 먹으면 그와 염소를 가리기가 어려워질 것이다. 일상생활이 녹색 환경 운동 그 자체인 젊은 덕 파인은 염소와 한 피붙이가 되어가고 있는지도 모를 일이다.

그는 학벌도, 출신도, 경력도 헌신짝처럼 내던졌다. 그러고는 자진해서 사막 속으로 달려들었다. 거기서 온 젊은 정열을 바쳐 지구 살리기 운동을 벌이고 있다. 외롭게 혼자서 청춘의 시간을 바치고 있다. 그는 지구 살리기의 젊은 순교자이다.

조나단은
'나만의 나'를
찾는 비상을
꿈꾸었다

자아는 새이다
오로지 자기완성을 위해 비상하는!

스스로 강해지게 _카비르

내 안의 불완전한 사람에게 물었다.
네가 건너려는 이 강은 뭐냐고.
배를 타는 사람도, 배가 다니는 길도 없다.
저 강둑에 행인과 쉬고 있는 사람을 보았나?
강도, 배도, 사공도 없어.
배를 끄는 줄도, 그 줄을 당길 사람도 없어.
땅도, 하늘도, 시간도, 둑도, 여울도 없는데!

몸도 없고, 마음도 없는데!
목마른 영혼 달래줄 곳이 있다 믿는가?
아무것도 찾을 수 없는 이 커다란 결핍!

스스로 강해지게, 자기 마음속으로 들어가게.
자기 발이 굳게 딛고 선 튼튼한 곳이 있을 거야.
잘 생각해봐!
다른 곳으로 떠나지 말게!

카비르는 말한다.
모든 쓸데없는 생각들을 버려라
네가 있는 곳에서 굳건히 일어서라.

그리스의 철학자 디오게네스는
길거리의 큰 통 속에 살면서도
어느 왕후장상보다도 행복해했고,
중국의 철학자 장자는 자신에게 천하는
아무짝에도 쓸모가 없다며 재상 자리를 피해 도망다녔다.
자아는 마음의 무게와 높이이다.
자아가 충만한 사람은 늘 그 삶이 당당하다!

하나

태어날 때부터 다른 사람들에게 둘러싸여 있는 게 사람이다. 그런 상황 속에서 주어진 지금 당장의 어느 상황 속에다 자신을 내맡기기만 한다면 그는 인간들 가운데서 가장 타락한 인간이 될 것이다.

장 자크 루소가 《에밀》에서 한 이 말은 얼핏 읽으면 평범한 것 같다. 하지만 조금만 새겨 읽으면 따가운 교훈이 메아리친다. 경고가 울려 퍼진다.

주어진 상황이 시키는 대로 살아가는 피동적인, 그래서는 소극적인 인간을 루소는 감연히 '타락한 인간'이라고 침 뱉고 있다. 사람으로는 못할 짓을 하고 죄를 짓고, 남에게 못되게 구는 것만이 타락은 아니라고 이 철인은 말한다. 그는 능동적으로, 적극적으로 자기 길을 찾아서 자기답게 창조적으로 살지 못하는 것이 타락이라고 우기고 있다. 어리벙벙하게, 시들시들, 비실비실, 주책없이 살지 말라는 것이다.

누구나 다 가는 뻔한 길을 뒤밟아서 사는 꼴, 그걸 타락이라고 한 것은 루소의 탁견이다. 그는 우리 각자가 자기 나름으로 환경을 초월해서 삶의 행보를 내디뎌야 한다고 충고하고 있다. 이래서 청춘은 독보적獨步的이라야 한다. 젊음은 남들이 얼씬대지 않는 혼자만의 길을 걸어갈 수 있어야 한다. 도도하게, 고고하게 독보獨步해야 한다.

그저 그렇고 그런 평범한 인간이라면 주위 사람들이 하는 대로 가족이건 친지건 이웃이건 동료건 친구건 간에 그들 누구나가 하는 대로 따라하기 마련이다. 그런 것이 보통 사람이다. 보통 사람은 '복사판複寫版'이다. 그 혼자만의 독특한 개성이 없는 카피이기 마련이다.

'나만 그러나? 남들은 어떻고!'

판에 박은 듯한 삶, 거기엔 약동하는 생명력이 없다. 사람이라면서도 겨우 달구지 바퀴 굴러가는 꼴로, 겨우겨우 목숨을 부지하고 있는 것뿐이다. 너무나 가엾다. 측은하다. 불쌍하다. 그러기에 리처드 바크의 소설 《갈매기의 꿈》에 그려진 장면은 시사하는 바가 크다.

갈매기 조나단 리빙스턴은 결코 평범한 새가 아니었다.
대부분의 갈매기들은 나는 행위를 지극히 간단하게 생각하며 그 이상의 것을 굳이 배우려고 하지 않았다. 대부분의 갈매기들이 중요하게 생각하는 것은 나는 것이 아니라 먹이였다. 어떻게 해서 먹이가 있는 데까지 날아갔다가 되돌아올 수 있는가만 알면 충분한 것이었다.

그러나 조나단은 나는 일 그 자체를 사랑했다. 다른 갈매기들은 그것을 이해하지 못했고, 조나단은 자기가 다른 갈매기들과 잘 어울릴 수 없는 것이 그것 때문이란 것을 잘 알고 있었다. 그의 부모들조차도 그가 매일 혼자서 아침부터 밤까지 낮게 활공滑空을 시도하는 연습을 되풀이하는 것을 보고는 당황해하고 있었다.

이처럼 조나단의 행위는 남다르다. 남들 누구나 하는 그 꼴은 죽어도 보아내지 못한다. 어떻게 해서든, 무슨 수를 써서라도 제 혼자만의 속셈을 살려야 한다. 영락없는 청개구리의 모습이지만 그것이 바로 창작과 통하고 창조와 통하는 것이다.

그는 뭔가 남들이 하지 않는, 또는 하지 못할 일을 자신에게 즐겨서 짐 지우고는 거기 골몰한다. 그것이 바로 조나단이다. 그런 조나단이 다른 갈매기는 모두 타락했다고 우긴다면 에밀은 이에 동조할 것이다.

아직은 어린 조나단의 별난 날기, 다른 갈매기들이 결단코 하지 않는 독특한 날기를 지켜본 그의 부모는 그런 짓은 하지 말라고 타이른다. 그래서 조나단은 그러겠다고 순종한다. 하지만 그건 오래가지 못한다.

그 뒤 며칠 동안은 다른 갈매기들과 같이 행동해보려고 노력했다. 그래서 그는 선창가와 어선 주위를 다른 갈매기들과 함께 끼룩끼룩 소리를 지르고 싸우기도 하면서, 생선 조각이며 빵 부스러기를 먼저 차지하기 위해 급강하를 하기도 했다.
그러나 조나단은 그러한 일을 계속할 수가 없었다.
'이건 정말 부질없는 짓이야!'
그는 이렇게 생각하게 되었고 아무런 의미도 찾을 수가 없었다.
그러고는 애써 잡은 멸치를 뒤에서 쫓아오던 배고픈 늙은 갈매기에게 떨어뜨려주었다.
'이러한 일을 하고 있는 시간들을 모두 나는 법을 연구하는 데 쓴다면 많은 걸 배울 텐데. 배울 건 무궁무진하지 않는가!'
갈매기 조나단은 또다시 혼자서 먼 바다로 떠났다.

이 별난 갈매기는 특별한 그만의 자유를 추구한다. 그래서 그 자신만의 독특한 자유의 개념을 빚어내기에 이른다. 그건 날개며 다리, 몸통 등 그의 육체가 마침내 정신이며 희망과 하나로 어울리는 것을 의미한다. 말하자면 육체가 조나단 자신이 마음먹은 대로 작동하고 움직여주는 것을 의미한다. 그의 몸이 그의 뜻대로 날고 비상飛翔하는 것을 뜻한다.

조나단은 그 자유를 전력을 다해서, 자신의 운명을 바쳐서 실현하려 들었고 마침내 성공하고야 만다. 그래서 그는 고향 바다를 까마득히 떠나서 이상의 나라, 그의 '천국'에 가게 된다.

그런데 그 자유는 궁극적으로 자아를 자기 소신대로, 희망대로 실천하는 것에서 찾을 수가 있다. 그건 자아 탐색이고 자아 실현이었다. 자유가 그의 이상이었듯이 자아 또한 그의 이념이고 이데올로기였던 셈이다.

남들과 절대로 같을 수 없는 자아, '나만의 나'인 자아, 그것도 높디높은 자기다운 이상과 값지고 또 값진 자기다운 이념을 실천하는 주체로서의 자아, 그것을 마음먹은 대로 추구하는 것, 그것은 조나단만의 자유일 수 없다. 그런 자아며 자유는 우리들 청춘, 우리들 젊음 모두의 것이어야 한다.

둘

젊음의 자아는 잡동사니가 아니다. 잡것은 더욱 아니다. 입에 당긴다 해도 차마 잡채 같은 건 아니다. 뒤죽박죽의 잡누르미가 되어서도 안 된다.

젊음의 자아는 잡상스런 구석이 단 한 곳도 없어야 한다. 청춘은 절대로 이것저것 잡다하게 뒤엉긴 잡살뱅이는 될 수 없다. 젊음의 자아는 순수해야 한다. 순종이어야 하고, 순결해야 한다.

깊은 산속 옹달샘
누가 와서 먹나요?
새벽에 토끼가 눈 비비고 일어나
세수하러 왔다가
물만 먹고 가지요.

바로 이와 같이 노래한 산골짝 옹달샘, 청춘의 자아는 그것과 같아야 한다. 맑고 정갈해야 한다. 드높게 갠 가을 하늘 같아야 한다. 지순至純하고도 지결至潔해야 하는 것, 그것이 청춘이다. 으뜸으로 순수하고 으뜸으로 결백한 것, 그것이 바로 청춘이다. 남녀 가릴 것 없이 청춘의 마음은 당연히 그래야 한다.

은근슬쩍은 질색인 것이 젊음이다. 겉 다르고 속 다른 그 음흉함을 젊음은 저주한다. 젊음은 이 생각, 저 생각 뒤엉겨 품고는 이랬다저랬다 하는 짓거리는 질색이다. 그러니 젊음이 추잡한 생각, 용렬한 속궁리, 음흉한 속내, 그런 걸레쪽 같은 것들을 절대로 마음속에 품을 리가 없다. 청춘의 마음은 그들이 좀 더

어렸을 적에 불어대던 비누 풍선처럼 투명하다. 맑고도 밝다.

순결무구純潔無垢! 순수하고 결백해서 한 점 얼룩도 없는 마음, 그건 청춘의 몫이다. 그 마음에는 그늘이 지지 않는다. 그 가슴에는 음지가 틱지 않는다. 그 속내는 환하고 밝다. 구름이 끼지 않고 안개도 서리지 않는다. 언제나 그 마음의 기상氣象, 일기日氣는 청명한 고기압이다.

그들은 속마음의 밝고 올곧은 생각에, 기품 높고 정갈한 상념에 열정을 바치고 목숨을 바친다. 그 마음은 영롱한 옥이요, 구슬이다. 그래서 천진난만天眞爛漫하기도 한 것이 청춘이다.

이른 여름의 이른 저녁에 화사하게 피어난 장미 꽃송이! 그런 마음가짐이 천진난만이다. 세상의 잡된 인심에 홀리지 않고 푸른 하늘처럼 진솔한 것이 천진이다. 엉큼한 마음 구석 없이 화들짝 또 활짝 피어난 꽃만 같은 심정, 그것이 난만이다. 독일 낭만주의의 정화精華인 횔덜린이 노래하고 찬양한 바로 그 장미가 품었을 마음씨, 그게 난만이다.

장미의 밤, 장미의 밤
많고 많은, 맑고 밝은 장미의 밤이여!

이렇게 천진난만하다 보면 속된 욕심과 절로 멀어지게 된다.

물욕이나 돈에 대한 욕심은 물론이고 알량한 권력이나 헛된 이름 따위에 대한 욕망과도 손을 끊게 된다. 오직 자신의 양심에 부끄럽지 않고, 다만 순수한 열정에 깃든 희망이며 욕구에 몸과 마음을 바치게 된다. 그것이 청춘의 순수함이다.

자산이 넉넉한 부호며 귀족들이 심심함에 겨운 나머지 한 가지 묘한 꾀를 생각해내었다. 그 사이 별짓 다 해본 걸로도 이기지 못한 권태를 날려버릴 묘안을 짜내었다.

"누구든 좋다. 우리가 만든 감옥 같은 방에 자진해서 감금되어 일 년을 견뎌내면 우리들 누군가의 막대한 자산을 나누어주리다."

그들은 이런 당돌한 광고를 내걸었다. 그러자 가난한 젊은이가 자청하고 나섰다. 그는 365일을 주인 귀족의 집 한구석에 임시로 지은 좁은 방에 죄수처럼 갇혀서 살게 되었다. 이 엉뚱한 녀석은 좁디좁은, 음산한 방에서 처음 얼마 동안은 성경 읽기로 시간을 보내었다. 다음 몇 달은 추리 소설 읽기로 답답함을 달래었다. 그러다가 11개월 정도가 그럭저럭 지나갔을 때는 또다시 성경에 기대었다. 드디어 364일째 만기 날짜의 하루 전날 밤이 되었다.

광고를 내고 다른 동료들과 내기를 건 귀족은 억울했다. 젊은이가 일 년간의 감금 생활을 견디지 못할 것이라고 주장했던 그는 다른 귀족에게 물어줄 돈이 적지 않았다. 그것도 억울한데 갇혀서 일 년을 보낸 젊은 녀석에게 자기 자산의 일부를 내주다니? 말도 안 된다고 여겼다. '그 사이 하루 세 끼를 먹여준 것도 어딘데?'라고도 생각했다.

한밤중에 그는 칼을 품고 젊은이의 방으로 갔다. 그는 살며시 문을 따고 들어가서는 다짜고짜 침대에 누운 자의 가슴께로 칼을 꽂았다. 그런데 아무 반응이 없었다. 그는 마구 난도질을 했다. 그래도 칼에 찔리는 것이라곤 이불뿐이었다.

불을 켰다. 천장 가까이에 있는 유리창이 깨져 있었다.

'이런, 어떻게 된 거지?'

방 가장자리의 책상 위에 메모지가 한 장 눈에 띄었다. 뭔가가 적혀 있었다. 불빛을 가까이 들이댔다.

'나의 귀한 365일을 당신네 돈과는 바꿀 수 없어서 나는 가오!'

치사한 귀족은 풀썩! 그 자리에 주저앉았다.

이것은 제정 러시아 시대의 작가 안톤 체호프의 〈내기〉라는 작품을 기억나는 대로 요약한 것이다. 그렇다. 아무리 가난해도 남들의 돈 천만금보다는 자아를, 자기 자신의 순수함을 훨씬 소중하게 여긴 이 젊은이의 마음씨, 그것은 젊은이라면 누구나 곱고 귀하게 간직해야 할 마음가짐이다.

셋

솔이 솔이라 하니 무슨 솔인 줄 아난다
천심절벽 위의 낙락장송 그 내로다
저 길 아래 초동의 졈낫이야 걸어볼 줄 있으랴

조선 시대의 이름난 기생 솔이(한자로는 송이松伊)의 시조이다. 이 시조를 조금 더 구체적으로, 또 극적으로 풀이하면 다음과 같이 될 것이다.

너희 사내들 술자리가 벌어지면 나를 불러다놓고 '솔이', '솔이'라고들 내 이름을 부르는데 그 이름자의 솔이 도대체 무슨 소나무인 줄 아느냐? 그건 말이야, 다른 소나무가 아니야. 천길 만길 깎아지른, 높으나 높은 낭떠러지 위에 고고하고도 도도하게 솟은 소나무야. 그런데 저 까마득한 아래의 길을 가는 풀 베는 꼬마 녀석이 그 조그만 새끼 낫으로 나를 자르려 들다니, 그건 어림 반 푼어치도 없는 일이야! 자르기는커녕 가지 끝에 걸어볼 생각도 하지들 말아.

이 기개, 이 담대膽大함이 그 시대 여성의 것이라니, 그것도 사내들에게 대놓고 내뱉다시피 하는 말이라니, 잘 믿기지 않는다. 간이 커도 예사가 아니고 통이 커도 역시 예사가 아니다. 게다가 젊디젊은 나이에 그 정도라니, 놀랍다.

기개세氣蓋勢란 말이 있다. 기운이, 그것도 마음의 기운이 온 세상을 뒤덮는다는 뜻이다. 그런 기운은 사내대장부의 기개氣槪라고들 일러왔다. 그런데 기개세라기보다는 '기개남氣蓋男' 하고도 남을 이 시조의 기개는 젊은 여성, 그것도 기생의 것이다.

기생 또는 기녀라면 사내들의 노리개나 다를 것이 없었다. '노리개 첩'이란 말에서 첩이 그렇듯이 남자가 가지고 노는 장난감이기 마련인 게 조선 시대의 기생이다. 그런데도 젊은 기생 송이는 오기를 피우고 거만을 떨고 있다. 교오驕傲, 교만과 오만을 겸하고 있다고 해도 지나침이 없을 것이다.

삼종지도三從之道는 조선조 여성들이 지켜야 했던 도리이다. 어려서는 아비를 따르고, 시집가서는 남편을 따르고, 나이 들어서는 아들을 따르는 것, 그것이 삼종지도이다. 여성은 한평생을 하루같이 남자를 떠받들고 따르게 되어 있었다.

평민 집안의 여성은 말할 것도 없고 사대부 양반 집안의 여성들도 그래야 했거늘 감히 기녀가 기세등등하게 사내를 내려다보다니, 깔보다니! 거듭 그 기개에 감탄하게 된다.

뿐만 아니다. 여자가 감히 소나무, 그것도 절벽 위에 홀로 우뚝 솟은 거송巨松에 자기를 견주다니? 이것도 그 시대로서는 어림도 없는 일이었다.

이 몸이 죽어 가서 무엇이 될꼬 하니
봉래산 제일봉에 낙락장송 되었다가
백설이 만건곤할 제 독야청청하리라

사육신의 수장 격인 성삼문의 시조에서 그렇듯이 낙락장송은 사내대장부의 상징으로 여성에게는 적용될 수 없었다. 송죽松竹에다 상징적인 의미를 붙일 때 소나무는 남성에 견주었고 대나무라야 여성에 견주었다. 그럴 경우 나무의 수명이며 모양새를 비롯해서 그 높푸른 기운까지 해서 대나무는 소나무의 상대가 될 수가 없었다.

그런데도 젊은 기녀 솔이는 자신을 '천심절벽 위의 낙락장송'이라고 했다. 솔이는 절개와 지조와 충절을 죽음으로 지켜낸 성삼문의 기세에 뒤지지 않을 기세를 뽐내고 있다. 솔이를 황진이와 나란히 놓고 보면 어떻게 될까?

청산리 벽계수야 수이 감을 자랑 마라

일도 창해하면 고쳐오기 어려우니
명월이 만공산하니 쉬어간들 어떠리

이건 황진이가 벽계수란 사내를 유혹한 시조로 익히 알려져
있다. 사내를 푸른 골짝 물에 견주는 한편 자신은 달이 휘영청
밝은 산에다 견주고 있다. 계곡물이 태산에 버금할 수는 없다.
그러니까 이 시조에서도 기녀의 기개는 사내를 앞질러 높이, 크
게 숏구치고 있다.

천심절벽 위의 낙락장송과 달 밝은 공산, 이 둘을 놓고 견주
면서 어느 쪽이 다른 쪽보다 낮다느니, 높다느니 말할 수는 없
다. 그야말로 서로 막상막하이다.

젊은 기녀의 대단한 기개는 여기서 그치지 않는다. 솔이와 황
진이를 더불어서 화제에 올릴 또 다른 젊은 기녀가 있다. 바로
1800년대 초에 기적妓籍, 말하자면 기생 족보에 올라 있던 '금
원錦園'이다.

강원도 원주의 가난한 집에서 태어난 김금원은 이렇게 탄식
한 적이 있다.

"짐승이 아니고 사람으로 태어난 것은 요행이다. 오랑캐 땅에
태어나지 않고 문명의 나라 조선에 태어난 것 또한 요행이다. 하

지만 남자가 아니고 여자로 태어난 것은 불운이다."

그래서였을까? 그녀는 기생이 되기 전에 조선 팔도 온 천하를 두루 혼자서 여행하기로 작심했다. 이것은 그 당시로는 말도 안 되는 일이었다. 김삿갓 같은 남자라면 모를까? 앳된 처녀 혼자서 한 번도 가본 적이 없는 낯설고 물선 외지를 돌아다니기로 마음먹는다는 것은 황당무계荒唐無稽한 일, 당돌하고 어처구니없는 일일 수밖에 없었다. 그렇게 그녀는 관습과 상식에 도전장을 던졌다.

"하늘이 이미 나에게 인仁과 지知라는 본성과 귀와 눈이라는 형상을 주었는데, 여자이기 때문에 산수山水를 즐기고 견문을 넓히는 일은 안 된다는 말인가? 하늘이 이미 내게 총명한 재주를 주셨는데도, 이 밝은 나라에서 왜 훌륭한 일을 못한단 말인가? 여자라고 해서 집안 구석 깊은 곳에 박혀 있다니, 그게 될 법한 일인가?"

이러고는 실제로 열네 살의 나이에 여행길에 나선다. 고향 땅을 떠나서는 제천, 금강산, 통천, 고성, 간성, 강릉, 설악산을 두루 거쳐서 한양까지 그녀의 외로운 나그네 길이 미쳤다. '관동

땅 800리'도 모자라서, 다시 또 한양을 가고 오는 1000여 리, 생전 처음 가보는 그 머나먼 길, 더러는 인적도 드문 그 아스라한 길을 고개 넘고 재 넘고 나루 건너서는 뚜벅뚜벅, 나그네 걸음으로 혼자서 걸어갔다. 밤이면 더러는 주막에서, 더러는 남의 집 행랑채에서 잠을 잤다. 더러는 끼니를 걸식하는 경우도 아주 없지는 않았을 것이다.

이게 불과 열네 살의 소녀가 한 짓이라니? 기네스북에 오를 만한 기록이 아닌지 궁금해진다. 오늘날에도 그건 엄청난 일이다. 스무 살에서 여섯 살이나 모자라는 소녀가 버스와 기차를 타고 강원도 일대를 순회한 다음 다시 원주와 서울 사이의 왕복 길을 이틀이나 사흘 만에 혼자서 여행하는 것은 지금으로도 상상하기 어려운 일이다.

김금원을 두고는 더 이상 말하고 자시고 할 것이 없다. 그럴 필요가 없다. 그녀가 어떤 젊은이였던가를 더 묻고 따질 필요가 없다. 열네 살의 소녀가 450킬로미터 남짓을 혼자서 도보 여행하면서 천하를 두루 살피고 다녔다는 것으로 충분하다. 그럴 때 이 어린 처녀 역시 마음가짐 하나는 사뭇 도도하고 당당했을 것이다. 또 다른 천심절벽 위의 낙락장송이었을 게 틀림없다.

하늘과
태양과 달…
온 천지에 그대
이름을 써라!

야망은 불기둥이다
그것은 청춘을 날아오르게 하는 연료이다

거니는 즐거움 逍遙遊 _장자

　저 멀리 북쪽 바다에 물고기가 있어. 그 이름이 곤鯤이야. 곤의 크기는 몇 천 리가 되는지 아무도 몰라. 이 물고기가 변해서 새가 되는데 그 이름을 붕鵬이라고 해. 붕의 등은 몇 천 리인지 알 수 없어. 이 붕새가 온 힘을 다해 한 번 날아오르면 그 날개가 마치 하늘에 드리운 구름 같아. 이 새는 바다에 바람이 불기 시작하면 남쪽 바다로 옮겨갈 준비를 하는데 남쪽 바다는 하늘의 못이야.

　(…)

　그런데 매미나 새끼 새는 붕새를 비웃으며 이렇게 말하지. 나는 온 힘을 다해 날아올라 느릅나무나 다목나무에 다다르려 하지만 때론 거기에도 이르지 못하고 땅에 떨어질 뿐이야. 그런데 저놈은 도대체 무엇 때문에 구만 리를 날아올라 남쪽으로 가는지 모르겠어. 가까운 곳에 바람을 쏘이러 가는 사람은 세끼만 먹고 돌아와도 배가 부르지만 백 리 길을 갈 사람은 전날 밤부터 양식을 찧고, 천 리 길을 갈 사람은 석 달 동안 양식을 모으는 법이야. 저 두 버러지야 그걸 알 턱이 없지.

　작은 앎은 큰 앎에 미치지 못하고, 짧은 삶은 긴 삶에 미치지 못하지. 어떻게 그런 줄 아느냐고? 조균이란 버섯은 그믐과 초하루가 뭔지 모르고 매미나 쓰르라미는 봄가을이 뭔지 몰라. 짧게 사는 것들이니까. 초나라 남쪽에 명령冥靈이란 거북이 있는데 500년을 봄으로 삼고 500년을 가을로 삼는다고 해. 상고 시대에 대춘大椿이란 나무가 있었는데 8,000년을 봄으로 삼고 8,000년을 가을로 삼는다고 해. 그런데 세상 사람들은 800년을 산 팽조彭祖가 가장 오래 산 사람이라고 특별히 이야기하면서 그와 맞서려고 하니 슬픈 일이지.

_전호근 옮김

꿈과 상상력의 크기로는 장자를 당해낼 사람이 없다.
그의 야망과 포부는 드넓은 우주를 횡단하고,
삶과 죽음의 경계를 넘나들었다.
《장자》 첫 머리에 나오는 글이다.

하나

야망이 빠지면 젊음은 벌거숭이가 되고 만다. 야망, 그것 때문에 청춘은 익어간다. 야망은 청춘의 자양분이고 영양소이다. 그것으로 인해 젊음은 비로소 젊음다워진다.

학교의 공책 위에
책상이나 나무둥지 위에
모래 위에 눈 위에
그대 이름을 쓴다.

이렇게 시작된 폴 엘뤼아르의 시 〈자유〉는 온갖 곳에, 별의별 곳에, 이 세상 거의 모든 곳에 그대의 이름을 적어대고 있다.

아스라한 창공 위에
못에 비친 태양 위에
반짝이는 호수의 달 위에
그대 이름을 쓴다.

하늘과 태양과 달에 그대 이름을 쓰고 있다. 온 천지가 그대 이름으로 빛나고 있을 것이다. 뿐만 아니다.

여명黎明의 설렘마다 그 위에
바다 위에 배 위에
까마득한 산 위에
그대 이름을 쓴다.

이렇게 하늘 위에, 지상의 온갖 것에 그대 이름을 쓰고 있다. 세상 만물, 온 우주 공간, 그 모든 곳에 그대 이름이 적혀 있다.

사랑에 한창 불타고 있는 젊음에게 이건 과장도 아니고 허풍도 아니다. 진실이고 현실이다. 그런데 젊음은 사랑을 노래하는 바로 그 입으로 야망을 노래한다. 사무치게 그리운 그대 이름의 빛나는 그 자리에 야망이란 두 글자를 알알이 아로새긴다.

한 손에 사랑, 다른 한 손에 야망
그래서 나아가는 길,
까마득하고 드높은 앞날,
그걸 청춘이라고 한다.

사랑이 젊음의 징표이듯이 야망 또한 젊음의 표적이다. 젊음은 곧 희망이고 야망이다. 청춘은 영마루 위의 드높은 하늘에다 한 손으로는 사랑을, 다른 한 손으로는 야망을 아로새길 것이다.

일본의 홋카이도 땅에서 젊은이들의 신망을 모으고 있던 한 외국인 교사는 고국으로 돌아가는 자리에서 마지막 고별의 말을 학생들에게 외쳤다.

Boys be ambitious!(소년이여, 야망을 품어라!)

이 소스라치는 절규에서 소년을 젊음으로 바꾸어도 괜찮을 것이다. 형용사인 ambitious의 명사 ambition은 희망, 소망, 욕망, 꿈, 의도 등 여러 가지로 번역되지만 그와 나란히 갈망渴望, 대망大望 또는 포부나 야망으로 번역해도 괜찮을 것이다. 그것들 가운데서도 포부와 야망이 한층 두드러져 보인다.

포부는 한자로 抱負라고 쓴다. '껴안을 포'와 '등에 짐질 부', 그 둘이 합쳐져 포부가 되었다. 문자 그대로는 품고 지고 하는 것이 포부이다. 그런데 회포懷抱란 말이 있듯이, '포'는 가슴에 깊이 다져서 품고 있는 생각이나 소망 바로 그것이다. 그래서 포부란 가슴에 품고 등에 지고 있는 생각이나 소망을 의미하되, 무엇인가 남다르고 절실한, 그러면서도 높고 먼, 크나큰 소망을 의미한다. "나의 포부!"란 말을 하면서 누구나 목과 어깨에 힘을 주는 것은 그 때문이다. 그 말을 외치면서 머나먼 높은 곳을 우러르는 것은 그 때문이다.

야망은 야심과 이웃하고 있는 말이다. 여기서 야野는 길들지 않은 들짐승의 거친 성질을 의미한다. 그러던 것이 분수에 넘치고 가능성을 무시한 절박한 소망을 의미하게 되었다. 바라려야 바랄 수도 없는 소망, 예사로는 생각지도 못할 꿈같은 희망, 분수에 넘치고 능력을 넘어서는 바람을 '비망非望'이라고 하는데, 야망은 이 '비망'과 뜻을 같이 한다. 야망은 이룰 가망이 없어 보일 만큼 멀고도 높은 소망, 크고도 큰 꿈이다.

영국의 격언에 "야망은 땅바닥을 기기도 하지만 하늘을 날기도 한다"는 말이 있다. 하지만 야망이 야망답기 위해서는 땅바닥을 기어서는 안 된다. 역시 창공을 날아야 한다. 날갯짓해서 비상해야 한다. 그래서 야망은 비상이다. 독수리의 날갯짓 같은 것이다. 멀고 드높은 창공을 날아오르는 것이다.

윌리엄 셰익스피어는 "야망은 냉혹한 마음이라야 한다"는 경구를 남겼다. 이 말이 야망의 커다란 날갯짓을 못마땅하게 여기는 것은 아니다. 달아오르고 타오르는 불길이기 마련인 게 야망이란 것을 익히 깨닫고 있기에 비로소 그게 냉혹해야 한다고, 냉담해야 한다고 말한 것뿐이다. 냉혹해야 한다는 단서를 붙임으로써 오히려 야망의 뜨거움이 불길처럼 날아오르는 기세를 강조한 셈이다. 야망은 마음의 불길이다. 무서운 기세로 치솟는 불기둥이다.

야망은 희망이되, 빤히 내다보이는 것, 정해진 길을 가기만 하면 손에 들어오는 것, 그 따위에 부치는 희망은 아니다. 미리 계산할 수 없고 결과를 저울질할 수 없는 것, 하지만 바로 그 때문에 아스라하게, 높다랗게 꿈을 부쳐야 하는 것이라야 가까스로 야망의 지표가 된다. 그래서 야망은 피안에 부치는 염원이고, 초월을 다지는 소원이다. 야망은 아예 피안이고 초월이다.

창공을 가르는 날갯짓인 야망!
활활 타오르는 마음의 불기둥인 야망!
머나먼 저 너머를 내다보는 초월인 야망!

이렇게 비상과 불길과 초월은 야망의 3대 속성이다.

젊음은 한 손에 사랑, 다른 한 손에 야망을 떠받들고 나아가는 행군이다. 누군가를 알뜰하게 사랑하기에 야망은 더욱더 소스라친다. 무엇인가에 야망을 걸기에 사랑은 한층 뜨거워진다. 그렇게 젊음은 앞으로, 앞으로 나아간다.

둘

앞에서 보았듯이 야망이나 포부라는 말은 희망, 소망과는 무엇인가 좀 다른 기색을 갖추고 있다. 희망을 지니고 소망을 품되, 그것을 막중한 짐 대하듯이 하라고 포부란 낱말은 일러주고 있다. 희망이 곧 부담이고 부하負荷일 때, 그때 비로소 포부가 마련된다.

그래서 포부에는 책무라는 또 다른 관념이 따라붙게 된다. 책임 있게 스스로 처리하고 해결하는 임무가 책무일진대, 그건 무겁고 힘겨운 것이다. 포부에 따르기 마련인 책무는 누가 요구하거나 시킨 것이 아니다. 본인이 스스로 나서서, 알아서 도맡은 것이다.

"반드시 내가 알아서 해야 한다!"
"그것만은 내가 스스로 치러내야 한다!"

거의 이런 외통수의 다짐이 책무이기에, 포부는 희망이되 무거운 희망이다. 힘겨운 희망이다. 희망을 짐 지듯이 지고 메야 비로소 포부가 된다. 이를 악물고 견뎌내야 한다. 절치부심切齒

腐心, 이를 갈고·마음을 썩이면서까지 애써야 한다. 이를 갈며 양팔을 걷어붙이고 희망과 맞겨루는 것이 바로 포부이다.

이처럼 야망과 포부는 짐이고 부하이다. 또 어떤 의미에서는 막중한 스트레스이기 때문에 마침내는 내려놓고 풀어놓아야 한다. 그러나 짐인 이상, 처음에 가기로 한 종착점에 다다라서야 비로소 부려놓아야 한다. 중도 포기는 안 된다. 무거운 지게 짐을 지고, 고개 넘고, 재 넘어서 목적지에 도착해서야 가까스로 포부는 이루어진다. 야망과 포부를 말할 때 젊은이는 스스로 내건 희망 때문에 막중한 등짐과 어깨짐을 지고 멘 짐꾼이란 것을 철저하게, 매섭게 자각해야 한다.

조선 시대 젊은이들의 포부는 서울로 과거 시험을 보러 가는 것이었다. 그들은 서울에 가서 시험을 치르고 합격해서 큰 벼슬을 차지하는 것을 야망으로 삼았다. 그 묵은 시절에는 그것 말고 따로 젊은이들이 미래에 거는 꿈이 있을 수 없었다.

그러자면 머나먼 길, 더러는 천 리도 더 될 길을 혼자서 가야했다. 다리가 저리다 못해 아리고, 허리가 저리다 못해 삐걱거리게 될, 아득한 낯선 길을 가야 했다. 그건 험한 나그넷길이었다. 이처럼 고역苦役의 길, 고된 길을 가는 것이 그 시절 젊은이들을 위한 포부의 절대 조건이었다. 이렇게 포부와 고역은 맞물려 있다. 포부가 고역이고, 고역이 포부이다. 그러자니 집념은 불가피했다. 한 번 마음먹은 것, 일단 심중에 새긴 것은 무슨 일이 있어도, 어떤 장애나 난관이 있어도 포기하지 않고 물고 늘어지는 집요함, 끈질김이 이글대고 있어야 했다.

집념이란 초지일관初志一貫하는 마음이다. 애초에 결심한 뜻을 처음부터 끝까지, 한결같이 지켜내는 것을 의미한다. 누가 뭐라고 해도, 어떤 훼방과 장애가 있어도 그것들 탓에 초지가 꺾이기는커녕, 오히려 더 뜨겁게 달아오르는 것이 집념이다. 무섭게 지켜내는 의지의 힘, 그게 집념이다. 질기고 굳건하고 끈기 있는 마음의 다짐, 바로 그것이다. 고역인 포부는 그래서 집념이 되기도 한다.

줄다리기 시합을 떠올려보자. 한참을 옥신각신하다가 마침내 힘이 부친 쪽이 줄줄 끌려가면서도 오히려 대지를 밟고 버티는 두 다리에 힘이 더 오르고, 줄을 잡아 쥔 손아귀에 힘살이 더 붙곤 하는 것, 그것이 바로 불굴의 집념이다. 지고 이기고는 별개 문제이다. 지는 쪽일수록 집념이 더욱더 집요執拗해진다.

"끝까지 줄을 놓지 마!"

끌리는 쪽에서 외쳐대는 이 절규, 거기 집념이 울부짖고 있다. 포부는 집념을 타고는 희망을 향해서 돌진한다. 젊음은 바로 그 포부이다. 그래서 젊음은 집념으로 알이 여문다. 가을 날 과실의 과핵이 영글듯이!

셋

고개는 젊은 인생길이다. 머나먼, 아득한 고갯길, 그것이 젊음의 인생길이다. 고개도 예사 고개가 버티고 있는 것이 아니다. 태산 첩첩의 고개이다. 고개 없는 인생길, 그건 바보 멍청이같은 것, 가나마나이다. 첩첩의 고개가 없는 청춘을 가느니 차라리 롤러스케이트나 미끄럼틀을 타는 것이 낫다.

아리랑 아리랑 아라리요
아리랑 고개는 무슨 고갠고?

우리의 으뜸가는 민요 '아리랑'이 이렇게 말문을 열고 있는 것은 그 때문이다. '아리랑'은 우리 한국인의 '인생 백과사전'이다. 거기 얼굴을 내밀지 않는 한국인의 인생은 없다. 한국인의 감정, 정서며 심성, 생각이며 사념, 그 모든 것이 '아리랑'에 은은히 메아리치고 있다.

그런데 이 구성진 민요에서 인생에 대해 던지는 물음의 첫 마디가 바로 고개가 무엇인지를 묻는 것이다. 아리랑에서 인생은 '고개' 바로 그것이다. 그렇기에 고개 자체는 물론이거니와 거기 걸린 구름, 거기 어린 안개며 노을, 또 그 위를 나는 수리며 매와 같은 새, 이 모두는 엄청난 상징성을 갖추고 우리들 인생의 속내를 비추는 거울이 된다.

　노르웨이의 작가 비에른스티에르네 비에른손은 〈아르네〉에서 이 점을 너무나 곱게, 정갈하게 보여주고 있다. 산골 마을의 소년 아르네는 고을을 에워싼 고개 너머로 날고 있는 소슬한 수리의 날갯짓을 따라서 그 너머 세상을 그리고 그와 함께 자신의 미래를 그린다. 꿈꾸듯 그려본다.

　어린 소년에게 고개 저 너머는 미래이고 희망이었다. 아니, 동경이었다. 그것은 눈 뜨고 보는 꿈같은 것이었다. 동경은 희망과 사촌쯤 될지 모르지만 그것과 쌍둥이가 될 수는 없다. 희망은 눈에 보이는 것, 마음으로 잡히는 것이라서 거기 갈 길도 웬만큼은 미리 마련되어 있는 편이다. 하지만 동경은 미지수이다. 어렴풋하고 아득하다. 막막하고도 감감하다. 그것을 풀어낼 정해진 공식이 없고, 따라서 답이 정해져 있을 턱도 없다. 그런데도 그것에 마음이 사로잡히는 것이 동경이다.

저 구름 흘러가는 곳
아득한 먼 그곳 그리움도 흘러가라
파아란 싹이 트고

꽃들은 곱게 피어 날 오라 부르네
행복이 깃든 그곳에 그리움도 흘러가라

김용호의 시에 김동진이 곡을 붙인 이 애틋한 가곡 '저 구름
흘러가는 곳'에는 구름을 따라서 동경도 흐르고 있다. 구름 흘
러가는 저 너머, 구름 따라 흘러가는 저 고개 너머, 그 아득한
곳에서 동경이 손짓한다.

동경은 한자로 憧憬이라고 쓴다. '동'은 생각의 가닥이 잡히
지 않고 마음이 보채는 것을 의미한다. 그런가 하면 '경'은 깨달
음을 의미하는 한편, 멍하니 먼 곳을 바라보거나 아예 머나먼
길을 헤매고 가는 것을 의미한다.

두 글자를 합친 동경은 도대체 무슨 뜻이 될까? 속으로 불안
이며 동요를 느끼면서, 바로 그것 때문에 사뭇 보채는 마음, 안
달하는 심정으로 아득히 먼 곳, 까마득히 드높은 곳을 바라보고
우러르고는 무엇인가를 깨닫고 터득하고자 하는 마음 자세, 그
것이 바로 동경이다. 미처 안 보이는 것, 마음으로조차 또렷하
게는 그리지 못한 것, 그런 것을 바라고 지향하는 것이 동경이
다. 저 너머 또 너머, 어쩌면 피안일지도 모를 아득한 너머를 향
한 그리움, 사무치는 그리움, 그것이라야 동경이 된다.

독일어에 '젠주흐트Sehnsucht'란 낱말이 있다. 사전에서 '동

경'이라고 번역하고 있는 이 말은 '젠'과 '주흐트', 두 개의 낱말로 이루어진 복합어이다. '젠'은 '본다'이고, '주흐트'는 '찾음'이다. 탐색이며 탐구가 주흐트이다. 그래서 젠주흐트는 보고 찾음이다. 보고 탐구하는 것이다. 하지만 이미 육안에 보이는 것을 찾는 따위는 아니다. 두 눈으로는 안 보이고 오직 마음의 눈에만 삼삼한 것, 그것을 찾아나서는 일이라야 참다운 젠주흐트가 된다.

헤르만 헤세는 젠주흐트를 "순수하고 완전한 존재와 활동을 구하는 것, 그러면서 더욱더 순수하고 더욱더 완전하고 더욱더 가치 있는 것을 구하기를 바라면서 자신을 키워가는 것"이라고 풀이했다. 여기서 몇 차례 반복되는 '더욱더'는 지금 눈앞에 보이는 모든 것보다 더욱 멀리 있는 것을 그리워하는 것이 동경임을 간접적으로 드러내고 있다.

동경은 수평선이다. 그리고 고개이다. 아니, 수평선 너머, 고개 너머이다. 아니, 아니, 수평선 저 너머, 고개 저 너머 안 보이는 곳이다. 엷은 흰 빛의 연기, 피어서 나부끼던 흰 연기의 지워짐과 함께 원양선의 모습이 사라져간 그 자리, 그 까마득한 물마루에 무슨 미련처럼, 차마 놓치지 못할 꿈의 사연처럼 남을 동경, 그건 젊음의 가슴에서 설렐 동경이다. 첩첩이 싸인 고개 저 너머, 구름 흘러간 곳, 어쩌면 구름의 고향일지도 모를 곳을 향해서 동경은 가슴을 연다.

젊음은 동경이다. 동경으로 삶의 길을 간다. 빤히 정해진 길을 꼬박꼬박 따라가기만 하면 당연히 가지게 될 것으로 기대되는 것, 그 따위는 젊음의 동경이 아랑곳하지 않는다. 밟는 절차, 겪는 과정들이 판에 박혀 있다면 그 마지막 과녁이 무엇이든 간에 젊음의 동경은 고개를 내저을 것이다.

표도르 도스토예프스키의 작품 가운데《지하로부터의 수기手記》가 있다. 이 작품은 어떻게 보아도 그런 흔해 빠진 속물은 아닌, 그래서 상당히 별난 젊은 주인공이 남긴 인생 메모 같은 것이다. 거기 재미 난 구절이 있다.

표를 사기만 하면 미리 정해진 정거장으로 데려다줄 기차를 타는 것, 고작 그런 따위가 인생이라면 나는 아예 표를 끊지 않을 것이다. 실수해서 탔다 해도 중간에 내려버릴 것이다.

젊은 인생에는 바둑 두는 사람들을 위한 정석 같은 것은 없어야 한다. 기성의 것, 이를테면 남들이 이미 마련해둔 것, 잡아둔 것 따위에 매여서도 안 된다. "모든 사람이 그들의 인생을 가늠할 가장 좋은 길을 골라야 한다면, 그건 그들 각자만의 것이어야 한다"는 그리스 철인 헤로도토스의 말은 젊은 인생이 마땅히 받아들여야 할 금언이다. 내 인생은 나 혼자만의 것이기에 거기에 미리 길 안내가 마련되어 있을 턱이 없다. 미지의 길일 수밖에 없다. 그래서 박용철 시인은 인생을 두고서 다음과 같이 노래한 것이다.

나두야 간다
나의 이 젊은 나이를
눈물로야 보낼 거냐
나두야 가련다

아늑한 이 항군들 손쉽게 버릴 거냐
안개같이 물 어린 눈에도 비치나니
골짜기마다 발에 익은 묏부리 모양
주름살도 눈에 익은 아, 사랑하던 사람들

버리고 가는 이도 못 잊는 마음
쫓겨가는 마음인들 무어 다를 거냐
돌아다보는 구름에는 바람이 희살 짓는다
앞 대일 언덕인들 마련이나 있을 거냐
(…)

미련을 두고서 떠난 정든 땅 저 뒤쪽에서는 구름이 가라고 손짓한다. 갈까 말까 망설이다가 단연코 떠난 뱃길, 그 앞에는 배를 댈 언덕도, 포구도 없다. 그런데도 "나두야 간다"면서 떠나가야 한다. 이게 바로 젊음이라는 항해이다. 그래서 박용철의 〈떠나가는 배〉에 매달린 깃발에는 미국 시인 헨리 워즈워스 롱펠로의 〈인생 찬가〉가 생생하게 쓰여 있어야 할 것이다.

(…)
우리가 가야 할 길 그 끝 닿은 곳은
즐거움도 슬픔도 아닌
다만 내일의 하루하루가
오늘보다 더 멀어지게 하는 것일 뿐.
(…)

전체가
하나이고,
하나가
전체이다!

고독은 불붙지 못한 성냥이다
그 차가움 속에서 청춘은 단단해진다

어머니가 아들에게 _랭스턴 휴스

아들아, 내 말 좀 들어보렴.

내 인생은 수정으로 만든 계단이 아니었다.

거기엔 압정도 널려 있고

나무가시들과

부러진 널빤지 조각들

카펫이 깔리지 않은 곳도 많은

맨바닥이었단다.

그렇지만 쉬지 않고

열심히 올라왔다.

층계참에 다다르면

모퉁이 돌아가며

때로는 불도 없이 깜깜한

어둠 속을 갔다.

그러니 얘야, 절대 돌아서지 마라.

사는 게 좀 어렵다고

층계에 주저앉지 마라.

여기서 넘어지지 마라.

애야, 난 지금도 가고 있단다.

아직도 올라가고 있단다.

내 인생은 수정으로 만든 계단이 아니었는데도.

그대가 고독하다고 느낄 때,

삶의 길이 지독히도 외롭고 힘겹다고 생각될 때

이 시를 떠올리기 바란다.

어머니든, 아버지든, 애인이든, 친구든

그대를 우주보다 더 소중하게 생각하고

간절하게 지지하는 사람이 한 명은 있기 마련이다.

절대로, 그 사람의 깊고 큰 사랑을 잊거나 외면하지 마라!

하나

오늘 우리의 젊음은 고독하다. 세상의 냉기가 그들을 구석으로, 구석으로 밀어붙인다. 내몰린 듯한, 추락한 듯한 서늘한 가슴을 안고 청춘들은 서로 소통을 시도한다. 하지만 그것도 잠시일 뿐이다. 전원을 툭! 끄고 나면, 화려하고 풍성해 보이던 모든 것들이 신기루처럼 흩어지고 만다. 눈을 마주치지 않는, 체온을 나누지 않는 가상 세계의 소통이란 그런 것이다. 그렇다. 오늘은 고독을 이야기해보자.

그는 사회적으로 능력을 인정받아 주위 사람들로부터 칭찬을 받았지만 고독을 견뎌내는 능력이 없음을 스스로 알고 있었다. 그는 자신과 홀로 마주하려 하지 않았다. 될 수 있으면 그런 상황을 피하려 했다. 자신과의 은밀한 접촉을 원하지 않기 때문이었다.

자신의 능력, 따뜻함과 자만심을 불타오르게 하기 위해서는 사람들과의 접촉이 필요하다는 것을 그는 잘 알고 있었다. 홀로 있으면 성냥갑 속의 성냥개비처럼 차가운 기운만 지닌, 아무 소용없는 존재임을 깨닫고 있었다.

오스트리아 태생의 소설가 슈테판 츠바이크의 작품인 《일급 비밀》(원제는 "불타는 비밀")에서 주인공의 성격을 일부 묘사한 대목이다. "홀로 있으면 성냥갑 속의 성냥개비처럼 차가운 기운만 지닌 아무 소용없는 존재"라는 대목이 눈길을 끈다. 비유법이 절묘하기 때문이다.

이 글에서 우리는 고독의 몇 가지 속성을 알아차리게 된다. 첫째는, 고독하면 누구라도 제 구실이며 본성을 제대로 발휘할 수 없다는 점이다. 성냥개비가 불 댕기는 구실을 해내지 못하듯이 말이다. 그것은 어느 개인이 외로움에 빠짐으로써 그답지 않게 된다는 의미이기도 할 것이다. 고독은 어느 누군가가 단지 남에게서 멀어지는 것만이 아니라 당사자의 본성을 상실하는 일이기도 하다. 자기가 자신에게 남이 되고 나그네가 되는 것, 그래서 자기가 자기에게서 까마득히 멀어지고 마는 것, 그것이 바로 고독이다. 고독도 예사 고독이 아니다. 고독의 끝장 같은 것이다.

"이게 누구지?" "어디서 많이 본 것 같은 이 자는 뭐야?" 제 자신에게 이렇게 내뱉는 순간, 우리는 고독의 한 궁극에 다다른다.

한편 우리는 츠바이크의 글에서 고독의 또 다른 속성을 찾아내게 된다. 그것은 불붙지 못한, 불을 댕기지 못한 성냥개비처럼 어느 누군가가 차가운 기운에만 사무치게 되는 고독이다. 외로움에 짓눌리면 사람은 온기를 잃고 얼음덩이가 되고 만다. 외로움은 차가움이고 냉혹함이다. 고독할 때 사람은 냉혈 동물이 된다. 이것이 고독에 대한 두 번째 가르침이다.

세 번째가 남아 있다. 그것은 '무리 속의 고독'이라고 이름 지을 수 있을 만한 것이다. 성냥갑 속의 어느 한 성냥개비는 다른 무리들 속에 묻혀 있다. 그들과 살을 맞대고는 달라붙어 있다시피 한다. 그런데도 츠바이크는 그 한 개비의 고독을 말하고 있다. 제2차 세계대전을 전후한 역사의 부질없는 소용돌이 속에서 끝까지 인간이 누구냐고 물어댄, 이 탁월한 유대계 작가, 그리고 프랑스 소설가인 오노레 드 발자크를 비롯해서 프랑스혁명에 휘말려 희생물이 된 마리 앙투아네트, 르네상스 정신의 꽃일 수도 있는 데시데리우스 에라스무스 등의 탁월한 전기를 남긴 작가 츠바이크는, 성냥갑 속의 성냥개비 하나를 두고서 인간의 고독을 말하고 있다. '무리 속의 고독'을 말하고 있다.

앞에서 '고독을 이겨낼 능력이 없는 인물'로 묘사된 것은 오스트리아의 귀족이다. 그는 '성냥갑 속의 성냥 한 개비'로 미적대는 것을 배겨내지 못하는 사나이다. 그런 면에서 남작이라는 신분이 민망할 지경이다. 그는 어떻게든 고독에서 벗어나려고 든다. 여행지에서 '에로스의 장난'에 빠지는 것은 그 때문이다. 그는 사랑의 희롱에 빠진다. 여행객인 그에게 사랑은 그가 타고 온 기차가 정거장 하나에 머물렀다가 떠나는 것과 다를 바 없었다.

같은 호텔에 묵고 있는 아리따운 유부녀를 꾀기 위해서 우선 그는 열두 살 먹은 꼬마에게 접근한다. 그래서 남작과 유부녀, 꼬마 사이에 일종의 삼각관계가 벌어진다. 어린 소년에게, 병약한 외동아들에게 어머니는 절대였다. 인생의 전부, 세계의 전부이다시피 했다. 거기에는 오이디푸스콤플렉스가 가장 뜨겁게 달라붙어 있었다.

그러니 그 아이는 절로 '제3의 사나이'인 남작을 증오하게 된다. 소년 에드가에게 남작은 엉뚱한 사내인 주제에 어머니를 독차지할 뿐만 아니라 드디어는 약탈해가는 위험천만한 인물로만 비쳐진다. 남작은 바로 불구대천의 원수였다. 소년은 약탈당한 사람의 소외감과 고독감에 짓눌리게 된다. 온 세상을 통으로 잃은 것과 마찬가지의 고독에 저리고 만다.

여기서 두 개의 고독이 대비된다. 남작의 것은 일시적인 바람피우기로 간단히 처리될 수 있는 알량한 고독이었다. 심심한 것과 별다를 것이 없는 천박한 외로움이었다. 이에 비해서 소년의 고독은 모든 것, 온 세계의 상실 끝에 빠져들게 되는 절대적 고독이었다. 전자는 가볍게 바람에 날리는 고독이다. '파적破寂거리'란 말이 있는데, 별것 아닌 심심풀이 따위로 날려 보낼 수 있는 고독이 남작의 것이다. 그러나 후자는 다르다. 무겁고 비장한 고독이다. 이 고독이 중증이 되면 '죽음에 이르는 병'이 되기도 한다.

우리는 지금까지 다섯 가지 고독을 본 셈이다. 우리가 일상적으로 겪는 고독이란 이 다섯 가지 가운데 어느 하나가 될 테지만 모르긴 해도 남작의 것에 견줄 만한 고독이 가장 많은 것은 아닌지 모르겠다. 하지만 우리 젊음의 고독이 그렇게 경박한 것으로 곤두박힐 수는 없다. 청춘의 고독은 뭔가 달라야 한다.

귀한 고독, 삶을 위해서 또 우리들 각자의 인품을 위해서 적극적인 도움을 줄 고독을 '절대적 자아의 고독'이라 부르고 싶다. 이때 '절대적 자아'란 어느 누구와도 쉽사리 동화될 수 없는 자아를 의미한다. 끝까지 나는 나일 뿐 다른 개체가 될 수 없는, 그런 나를 의미한다. 그러나 그것이 아집이나 고집에 묶인 나를 의미할 수는 없다. 독선과 교만, 또는 아집에 붙잡힌 자아를 의미해서도 안 된다. 무리에서 쫓겨나거나 동료에게 밀려나서 겪는 고독은 '절대적 자아의 고독'이 될 수 없다. 그건 소외일 뿐이다.

순수하게 내가 누구인가를 캐기 위해서 혼자 속에 머무는 고독, 오직 혼자가 됨으로써 비로소 삶의 의미를 캐고 세상이며 사물의 본성을 자기 나름으로, 제 혼자만의 고유한 눈길로 들여다볼 때의 고독이라야 '절대적 자아의 고독'일 수 있다. 그건 긍정적인. 적극적인 고독이다. 그것은 성삼문이 노래한 '봉래산 제일봉의 낙락장송' 같은 고독이다. 홀로 푸르고 또 푸르다는 뜻의 '독야청청'은 높으나 높은 긍지와 자존심의 빛이다.

이 몸이 죽어가서 무엇이 될꼬 하니
봉래산 제일봉에 낙락장송 되었다가
백설이 만건곤할 제 독야청청하리라

둘

자신이 들이쉬고 내뱉는 숨결에서 시간의 거룩함을 인식한다는 것, 그건 엄청난 일이다. 그로써, 스스로도 거룩해지고 성스러워진 채로 바다의 한가운데 자리 잡고는 온 우주의 중심이 된 듯한 느낌에 젖어 있는 시인은, 20세기 프랑스 시단을 대표할 만한 폴 발레리이다.

시간의 성전聖殿은 다만 한 오리의 숨결에 잠기고
그 숨결의 한 점에 나는 높이 자리 잡는다.
둘레를 에워싼 바다의 경관 한복판에
—〈바닷가의 무덤〉에서

그는 일찍이 두이노 성의 라이너 마리아 릴케를 찾아간 적이 있다. 위대한 시의 거성巨星이 또 다른 거성을 찾아간 것이다. 발레리가 텅 빈 거대한 성 안에 들어섰을 때 저 멀리 한쪽 벽에 자리한 책상에 웅크린 채 시를 쓰고 있던 릴케가 눈에 들어왔다. 그 순간을 발레리는 "이 세상에서 가장 순수한 고독을 보았다"고 감회 깊게 회고한다.

'순수한 고독', 그것은 소외가 아니다. 남들에게서 혼자 동떨어져 있는 것도 아니고, 무리에서 쫓겨나 있는 것도 아니다. '순수한 고독', 그것은 내가 오직 나로서, 나만을 위해서, 나 혼자만을 지켜보는 순간에 이룩된다. 이별을 숭고하다고 말하는가 하면, "예술의 최후의 만남, 그건 더없이 정겨운 이별이 아니겠는가"라고 노래한 릴케에게 고독은 이별이 보장해준 순수한 고독이었다.

독일어에는 고독에 해당하는 낱말이 둘 있다. '아인잠einsam'과 '알라인allein'인데, 후자는 암시하는 뜻이 매우 깊다. all은 영어와 마찬가지로 전체를 의미하고, ein은 하나이다. 단독이다. 그런데 두 말이 합쳐진 allein은 문자 그대로 '전일全一'이 된다. 전부이자 하나이고 하나이자 전체인 상태, 그것이 바로 알라인이다.

오늘의 환경에서 우리 각자는 어느 순간의 고독을 이 경지까지, 거룩하다고 말할 수 있는 경지까지 받들어 올릴 수 있어야 한다. 내가 혼자로 하나인데도 온 세계인 듯이 충족한 상태에 오를 수 있을 때 우리의 고독은 순수한 것이 되고 '절대적 자아의 고독'이 된다. 그것은 종교 수행자들이 외로운 고행苦行을 통해 암시해 보이고 있다. 그들의 고독한 수행은 자신의 뜻을 이룩하기 위한 노력이다. 구함이고 찾음이다. 강한 집중이고 집념이다. 겉으로는 얼음마냥 차가워 보일지라도 구함과 집중을 다 그치는 뜨거운 열정이다. 뜨거운 불길이 그 마음 깊이 이글대고 있다.

청춘의 고독은 이래야 한다. 순수한 고독이라야 하고 '절대적 자아의 고독'이어야 한다. 서러움에 젖어서도 안 되고, 고달픔이나 애달픔에 시달려서도 안 된다. 눈물에 주눅이 드는 것은 언어도단이다. 젊음의 고독, 그것은 수행이어야 한다. 단련이고 노력이어야 한다. 당당하고 고고해야 한다. 드디어는 남들이 줄줄이 뒤따라올 그 길을 떳떳이 고개 들고, 눈 똑바로 뜨고 혼자서 걸어가야 한다. 그것은 선구자의 고독한 행군일 것이다.

산에는 꽃 피네
꽃이 피네
갈 봄 여름 없이

꽃이 피네

산에
산에
피는 꽃은
저만치 혼자서 피어 있네

　소월이 노래한 대로 꽃은 온 산을 통틀어서 단지 홀로, 혼자
피어서 더 좋은 것, 우리 청춘의 고독도 그러기를 바란다.

기회는
열려 있다.
불같이
달려들라!

도전은 가시밭이다
그 너머에 청춘의 꽃밭이 펼쳐져 있는!

인생 찬가 _롱펠로

인생은 한낱 헛된 꿈이라고
내게 슬픈 노랠랑 부르지 마라!
잠든 영혼은 죽은 영혼
사물은 보기와는 다른 것.

인생은 참된 것, 인생은 진지한 것!
무덤이 그 목표는 아니어라.
그대 흙이니 흙으로 돌아가리라는 것은
우리 영혼을 두고 한 말은 아니리.

우리가 가야 할 길 그 끝닿는 곳은
즐거움도 슬픔도 아닌
다만 내일의 하루하루가
오늘보다 더 멀어지게 하는 것일 뿐.

예술은 길고 세월은 덧없어라.
우리의 가슴은 담대하고 용감하지만

여전히 둔탁한 북소리처럼 장송곡을 울리며
무덤으로 나아간다.

드넓은 세상의 전쟁터에서
인생의 야영지에서
묵묵히 몰려가는 소 떼가 되지 말고
투쟁의 주인공이 되어라!
(…)
일어나 행동하자.
어떤 운명에도 맞설 가슴을 안고
계속 성취하고 추구하며
노력한 뒤 기다리는 법을 배우자.

청년이여, 기회를 놓치지 마라! '다음에', '다른 곳에서'라는
말은 환상일 뿐이다. 지금 여기서 할 수 없다면 어디서도
영원히 할 수 없는 것이다.
더 비옥한 땅, 더 적절한 시간이란 없다.
다만 좋은 농부와 그렇지 못한 자가 있을 뿐이다.

하나

　김유신은 진골眞骨이다. 신라에서 제일가는 혈통을 이어받았다. 그의 아버지가 각간角干, 곧 이벌찬이었으니까 재상 집안 출신이다. 그야말로 명문거족의 후예이다. 따라서 별로 큰 노력을 하지 않고 편안하게 지낸다 해도 웬만한 영화는 미리 보장되어 있었다. 불로소득이 신분상으로 보장된 것이나 다름없었다. 하지만 김유신은 젊은 시절부터 신분에 안주하기를 스스로 거부했다.

　그는 자진해서 삶이 도전이고 모험이기를 꾀했다. 18세에 스스로 깊은 산의 바위굴에 홀로 들어가서 고되게 검술을 닦으면서 수련을 거듭했다. 이것은 예삿일이 아니다. 그것은 무엇보다 고독을 견디는 일이다. 인적이 끊긴 깊은 산골짝에서 혼자의 삶을 지탱해간다는 것, 그 자체가 이미 고행이다. 짐승의 울부짖음, 바람의 설렘이 외로움을 한층 부채질했을 것이다. 외로움과의 맞대결, 그것이야말로 김유신이 보여준 젊음의 젊음다운 첫째 징표이다.

　그런데 그 도전은 누군가 다른 사람이 걸어온 것이 아니었다. 자기가 자기 자신에게 덮어씌운 도전이다. 자진해서 도전 찾기,

그것이 젊음의 젊음다운 두 번째 징후이다. 젊은 김유신은 스스로 위기를 불러들인 도전자이자, 그 위기에 맞대응하고 나선 응전자應戰者였다. 이 점은 크게 강조해도 좋을 것 같다. 누구든 젊어서 무엇인가 남달리 어려운 것을 성취한 사람은 당연히 도전자이자 응전자이기도 하다는 사실을 젊은이라면 깊이 마음에 새겨야 할 것이다.

무엇인가 힘겨운 일을 이룩하고자 하는 것은 그 자체가 이미 도전이다. 싸움을 거는 일이다. 겨루고 덤비는 일이다. 하지만 그 도전이 반사적으로 힘겹고 어려운 일을 도전자 자신에게 짐지우게 된다. 도전자는 이에 응해서 마주 덤벼야 한다. 응전해야 한다.

김유신도 그랬다. 오래 계속된 고독한 수련에 웬만큼 지쳐갈 무렵, 그래서 한층 더 기를 쓰고 있던 바로 그 즈음, 그는 대낮에 꿈이라도 꾸듯이 아주 멀쩡하게 신비 체험을 갖는다. 눈을 감고 명상에 젖어 있던 그의 주변, 바위굴 속이 온통 환한 빛에 싸였다. 놀라서 눈을 뜬 수행자를 백발의 신선이 높다랗게 허공에 앉아서 으리으리한 눈빛으로 내려다보고 있었다. 젊은 수행자는 엎드려서 큰절을 마치고 다시 정중하게 고개를 들었다. 신선의 손이 앞으로 뻗어왔다. 그 손길은 눈부시게 빛나고 있었다.

"이것을 받아서 그대의 뜻을 이루라!"

신선의 손에는 황금빛 검이 들려 있었다. 젊은 수행자는 정중하게 두 손으로 검을 받들고는 고개를 숙였다. 그리고 다시 고개를 들자 신선은 온데간데없었다. 수행자는 검을 뽑아보았다. 와락! 황금빛이 굴 안에 넘쳤다. 눈이 부셨다. 그는 검을 가볍게 흔들면서 신선이 한 말, "그대의 뜻을 이루라"는 그 한마디를 다짐했다.

위대한 인물에 으레 따르기 마련인 이 같은 신비한 이야기를 터무니없는 것이라고 쉽게 단정 지어서는 안 된다. 김유신의 신비 체험은 그걸 겪는 당사자의 집념과 열망, 그리고 그걸 실천하려는 굳건하고 집요한 의지의 과장된 표현일 뿐이다. 어떤 어려움도, 장애도 넘어서서 뜻을 이루고야 말겠다는 강력한 의지와 그 실천력의 표현이다.

김유신이 손에 넣은 신검神劍, 곧 신이 내린 검은 그가 이겨낸 고독한 수련으로, 단호한 도전으로 비로소 찬란하게 빛이 나는 검이었다. 그것은 젊은 김유신이 이겨낸 고독과 도전과 집념의 결정結晶이고 상징이었다.

둘

"모델이야, 운동선수야?"

처음 그녀를 만나본 사람들은 이렇게 말한다고 한다. 그녀의 이름은 박혜미이다. 그녀는 이름 그대로 혜성처럼 아름답게 그 존재가 스포츠계에서 빛나고 있다. 175센티미터의 헌칠하고도 날씬한 키에 미모를 갖춘 데다 태권도 67킬로그램 이하 급의 국가대표 선수이니 빛나지 않으려야 않을 수가 없다. 삼성 에스원에 소속된 그녀는 2010년 현재 운동선수로는 절정의 나이인 스물넷이다.

그녀는 타고난 미모를 즐기며 거울만 들여다보고 사는 삶을 스스로 거부했다. 그러고는 기나긴 세월을 끈질기게, 또 집요하고 악착같이 수련과 단련의 길을 묵묵히 걸었다. 그녀는 하루아침에 문득 피어난 꽃이 아니었다. 그녀는 거목이 자라듯이 자신을 다그쳐갔다.

1986년 제주도에서 태어난 박혜미는 초등학교 6학년 때부터 태권도를 익히기 시작했다. 누가 시킨 것도 아닌데, 마치 하늘이 정해준 것처럼 어린 소녀는 태권도를 시작했다. 그렇게 시작한 태권도를 중고등학교에서도 계속했지만 관심과 노력만큼

성적이 오르지는 않았다. 지지부진한 셈이었다. 큰 키라는 유리한 조건에도 불구하고 세기가, 손발과 몸놀림의 세기가 탐탁치 않았다.

그러나 태권도를 내던지기는커녕 오히려 집념이 더 커져만 갔다. 중고등학교 시절 내내 조금씩, 그러나 열성껏 훈련을 거듭했다. 선수로서 성공을 거두기 위해 학업에 정진하는 한편, 스스로 맹훈련으로 매일 매일을 보냈다. 그러나 노력의 열매가 생각만큼 익어주지 않았다.

그러자니 대학에 진학한다고 해도 등록금을 면제받고 체육 장학금을 받는 일은 언감생심이었다. 그녀는 서울에 와서 대학에 입학하고 난 뒤에도 한참 동안 무명의 설움을 견뎌내야 했다. 대학에 들어가고도 한동안, 그러니까 2학년이 다 갈 때까지도 그녀는 우승권에서는 사뭇 멀고 또 멀었다. 연습을 매일 빠지지 않는데도 나아지지 않았다.

엎친 데 덮쳐서 학비도 문제였다. 식당을 꾸려가던 어머니는 딸을 외지로 보내기 싫어서 태권도를 그만두라고 했다. 하지만 외고집으로 어렵사리 서울의 대학에 입학했지만, 그리고 운동도 계속했지만 무엇 하나 신통하지 못했다.

그러면서 그녀는 '이게 내 갈 길이 아닌가?', '내가 삶의 길을 잘못 골랐나?' 하고 의구심도 품어보고 회의에 빠져들기도 했다. 심지어 태권도를 아예 그만둘까도 생각해보았다. 모든 것을 내던지고 싶어지기도 했다.

하지만 서울로 보내기 싫다고 하면서도 결국에는 딸의 뜻을 받아준 어머니, 학비를 대느라 애쓰는 어머니의 얼굴이 떠오르자 마음을 고쳐먹었다. 이를 악물었다.

'그래, 일 년만 더 해보자! 그때 가서 포기해도 늦진 않아!'

하루 24시간, 오전도, 오후도, 밤도 없었다. 그녀는 대학에서 하루 일과로 또 수업으로 오후 늦게까지 훈련에 골몰했다. 그러고도 모자라서 자정까지 혼자 훈련에 몰두했다. 아무리 한창 젊은 나이라지만 밤 12시가 다 되도록 혼자 수련을 한다는 것은 엄청난 일, 초인적인 일이었다. 그녀의 악바리 같은 모습에 동료들도 질겁하곤 했다.

그녀는 샌드백과 맞상대해서 싸워 나갔다. 모래주머니를 치고 차는 것은 단순한 훈련이 아니었다. 그것은 자기 마음을 다지는 일이기도 했다. 그런 가운데 스스로 결의해서 지켜낸 신조가 생겼다.

'하루에 발차기를 1,000번 이상 하는 거다. 맹세코 그건 지키는 거다!'

하지만 그것이 생각만큼 쉬운 일일까? 자신의 어깨를 넘는 높이로 두 발을 번갈아서 차올리는 것, 그것도 허공을 향해서 세차게 바람을 일으키면서 차올리는 것은 그냥 한두 번만으로도 벅찬 일이다. 보통 사람이라면 숨이 차고 다리 끝이 저려 올 것이다.

그 발차기는 허공을 날아오르는 것과 다를 바가 없었다. 좌우의 두 발바닥 끝이 공중을 가르면 쉿소리가 났다. 더러는 등뼈에 찡! 하고 충격이 일었다. 날렵하게, 날쌔게 다리를 올려 찰 적마다 그건 꼭 초고속으로 달리는 증기기관차의 피스톤이 움직이는 것처럼 보였다.

그러기를 하루에 꼬박 1,000번!

그래야만 그녀는 비로소 밤에 잠을 잘 수가 있었다고 한다. 발차기를 하는 횟수가 늘어가는 만큼 그녀의 단잠은 깊어갔다.

그녀는 자신에게 다짐해둔 맹세를 스스로 지켰다. 남들에게 한 약속이 아니다. 스스로에게 한 약속이다. 지키지 않는다고 누가 뭐라고 할 것은 아니었다. 하지만 그녀는 자신을 다그치고 욱대겼다.

매일 발차기 1,000번!

그녀는 그 다짐을 단 하루도 어긴 적이 없었다. 몸이 지치고 마음이 느슨해진 날이면 무섭도록 자기 자신을 옥박질렀다. 옥죄었다. 이렇게 자기와의 약속을 지킴으로써 그녀는 성공의 길로 들어선 것이다.

매일 발차기 1,000번!

그러다 보니 주무기로 삼은, 상대방 얼굴을 발로 차는 기술도 완성도가 점점 높아졌다. 잇따라 보람이 찾아들었다. 2007년 대학 3학년 때 처음으로 가슴에 태극 마크를 단 국가대표 선수가 되었고, 이어서 베이징 세계 태권도 선수권 대회에서 당당히 은메달을 목에 건 것이다.

하지만 또 다른 위기, 새로운 고비가 찾아들었다. 2008년 올림픽 출전권을 따는 데 실패한 것이다. 그때 한국은 올림픽에 출전할 수 있는 태권도 체급을 57킬로그램 이하와 67킬로그램 이하의 두 가지로만 제한받았는데, 공교롭게도 그녀는 이 한계를 넘지 못했던 것이다. 그녀는 같은 또래의 한 여자 선수가 베이징 올림픽에서 금메달을 목에 거는 모습을 눈물겹게 지켜보아야만 했다.

그러나 이 쓰라린, 절망적인 고비에 시달리면서도 그녀의 기개와 의지는 꺾이지 않았다. 연습의 열기는 오히려 더 뜨거워졌다. 그녀는 실의失意를 오히려 역전의 기회로 삼으려 했다.

그것에 대한 보상이듯이 행운이 찾아들었다. 베이징 올림픽의 뜨거운 바람이 잠잠해진 직후 그녀를 스카우트하려는 실업팀들이 경합을 벌였다. 2012년 올림픽 금메달 후보로 위상이 높아지면서 실업팀들이 앞다투어서 그녀를 스카우트하려고 한 것이다.

당시 보통 선수의 실업팀 계약금은 5,000~6,000만 원 수준이었는데 이 악바리, 악돌이에게는 억대의 큰돈이 주어졌다. 그녀는 3연속 올림픽 금메달리스트를 낳은 태권도의 명문 삼성에스원에 입단했다. 그러면서 푸른 꿈이 눈앞에 아로새겨지기 시작했다.

'2010년 런던 올림픽에 67킬로그램 급으로 출전해서 시상대의 한복판, 맨 꼭대기에 올라서고 말겠다. 시상대 맞은편에 태극기를 휘날리고야 말겠다.'

바로 이 결의 하나로, "하루 발차기 1,000번 이상!"이라는 그녀의 외침은 더 높아져간다.

셋

왕자라면, 왕의 아들이라면 무엇을 연상하게 될까? 영화를 누릴 대로 누리고, 멋을 부릴 대로 부리는 소년이나 청년을 연상할 것이다. 한 나라 안에서 둘도 없이 고귀한 신분을 누리고 거드름을 피우는 위풍당당한 젊은이의 모습을 떠올리게도 될 것 같다. 이런 생각에는 티끌만큼도 잘못이 없다. 하지만 왕자의 모습은 이것만이 아니다. 다른 것도 있다. 바로 다음 세대 제

왕의 장엄한 모습도 떠오를 것이다.

그것이 바로 왕자의 모습이다. 옛날이야기나 동화 속의 왕자는 세상 으뜸가는 영화를 누리고 살게 되어 있다. 동화의 가장 멋진 주인공이 되기에 안성맞춤이다. 하지만 이렇게만 말하면 고구려를 세운 아버지 왕, 동명의 뒤를 이어서 제2대 왕이 된 유리 왕자는 고개를 절레절레 내저을 것이다. "그게 아니라고!"라고 다급하게 소리칠 것이다. 대들고 항의할 것이다.

유리는 어릴 때 부여 땅에서 홀어머니 밑에서 자랐다. 아버지는 남으로 내려가서 새로운 왕국을 세우기 위해 집을 떠났기 때문이다. 그는 남들이 '아비 없는 호래자식'이라고 빈정대는 것을 견디다 못해 어린 몸으로 아버지를 찾아서 홀로 고구려를 향해 나선다. 천 리 외로운 길을 소년이 스스로 자청해서 나선 것이다. 이것부터가 왕자가 되기 위한 대단한 시련이자 어려움이었다.

그런데 고생고생 끝에 아버지를 만난 뒤에 더 고된 시련이 기다리고 있을 줄이야! 유리는 가지고 온 반 조각의 칼을 아버지 앞에 내밀었다. 그것은 부여를 떠나면서 아버지가 남기고 간 것이었다. 그것이 아버지가 갖고 있던 또 다른 반 조각의 칼과 맞아떨어졌다. 신표, 즉 신상을 밝히는 증명이 된 것이다.

그런데 유리는 그 반쪽의 신표를 쉽게 손에 넣은 것이 아니다. 어렵게, 기적적으로 찾아낸 것이었다. 그는 아버지가 어머니에게 남기고 간 수수께끼를 먼저 풀어야 했다.

"돌 위의 소나무 아래에서 뭔가를 찾아내라!"

수수께끼는 간단했다. 하지만 산에, 들에 소나무가 한두 그루라야지! 돌 위라고 단서가 붙긴 했지만 근처 산에만 해도 그런 소나무는 지천이었다. 바위며 돌 위에 솟은 소나무를 찾고 뒤졌으나 헛수고였다. 그는 절망하고는 집에 돌아와서 마루에 털썩! 주저앉았다. 그런데 웬걸 바로 곁에서 뭔가 삐꺽대는 소리가 났다. 아니, 이게 무슨 일이람! 주춧돌 위에 소나무 기둥이 버티고 있는 것이 아닌가! 바로 그 기둥 밑을 들여다보니 반 토막의 칼이 눈에 들어왔다.

아버지와 아들 사이라는 것을 증명하기 위해서도 수수께끼를 풀고, 신표를 찾아내야 했다. 풀기나 찾기나 둘 다 만만찮았다. 여기서 우리는 테베 왕국의 오이디푸스 왕자가 왕의 자리에 오르기 전에 스핑크스의 수수께끼를 풀었던 일을 떠올리게 된다.

어쨌든 신표를 확인하는 것으로 부자 간의 일이 다 끝난 것은 아니었다.

"좋아. 넌 내 아들이야! 하지만 왕자가 되기 위해서는 남다른 재주와 능력을 보여야 해!"

아버지는 어렵게 신표를 찾아 자신을 만나러 온 아들을 반기기보다 오히려 이렇게 다그쳤다! 그것은 커다란 한 고비를 넘긴 다음의 두 번째, 더 큰 고비였다.

유리는 그 자리에서 천하제일의 묘기를 보였다. 누구나 함부로 보이지 못할, 기적과도 같은 엄청난 묘기였다. 그것은 묘술이었을 뿐만 아니라 난제, 곧 어려운 과제나 과업이기도 했다. 어려워도 예사로 어려운 것이 아니고 보통 사람으로는 불가능한 과제였다.

유리 왕자는 땅을 박차더니 하늘로 불쑥 뛰어 올랐다. 용수철처럼 훌쩍 잽싸게 도약跳躍했다. 독수리마냥 훨훨 날아올랐다. 밑에 모여 있는 사람들은 그 모습을 눈으로 직접 보면서도 믿을 수가 없었다.

"아니, 아니! 저럴 수가?"

다들 입이 딱 벌어졌다. 놀라서 어쩔 줄 몰라 했다. 하지만 아버지인 동명왕은 눈 하나 깜짝 않고 그저 지켜보고만 있었다. 유리는 계속 하늘로 솟구쳐 올라갔다. 두 겹, 세 겹으로 에워싼 구름을 헤집고 날아올랐다.

아스라하게 사람들 시야에서 멀어져 가는가 싶더니, 아니 이게 무슨 일인가! 그는 태양을 에워싸고 뱅글뱅글 도는 것이 아닌가! 인공위성도 아닌 사람이 태양을 껴안다시피 하고는 회전을 계속하다니!

사람들은 모두 놀랐다. 거듭거듭 탄성을 내질렀다. 눈이 부셔서 차마 맞볼 수는 없었다. 그들은 손으로 햇살을 가린 채 직접 눈으로 보면서도 그 장면을 믿을 수가 없었다. 하지만 동명왕은 그 기적이 무엇을 의미하는지를 단박에 알아차렸다.

태양의 자손!

태양이 점지해준 자손!

과연 내 아들답구나! 동명왕은 그제야 혀를 내둘렀다.

이건 물론 실화가 아니고 신화이다. 태양 숭배에다 왕의 권위를 겹쳐서 생각한 사람들이 지어낸 초현실적인 신화이다. 그들의 왕을 '태양 왕'이라고 믿어 마지않았던 고구려 사람들이 짐짓 생각해낸 신비한 이야기이다. 오늘날 우리 젊음들은 이 기상천외의 이야기를 어떻게 받아들여야 할까?

무엇보다 유리는 젊음이란 바로 기회라는 것을 증언해주고 있다.

"젊음은 기회로 열려 있다!"

이렇게 이 신화는 일러주고 있다. 그러나 기회가 공짜로 주어지는 것은 아니다. 입을 벌리고 누워 있으면 감나무에서 연시가 저절로 떨어져서 입에 물리듯이, 그 따위로 기회가 찾아드는 것은 아니다. 기회도 스스로 찾고 만들어야 한다. 기회는 만드는 사람에게 찾아오는 법이다.

그래야만 기회가 알찬 보람을 얻고 알뜰한 열매를 맺는다. 유리는 수수께끼를 풀어서 무엇인가의 단서를 찾아낼 기회를 누린 다음 연거푸 아버지를 찾아나서는 기회, 태자가 되는 기회, 그렇게 세 번씩이나 절호의 기회를 누리고는 멋지게 결실을 보았다.

그런데 유리 왕자 이야기는 두 번째로, 또 다른 것에 대해서도 말해주고 있다. 기회에 난관과 시련이 따를수록 더한층 기회의 효험이 높아진다는 것 말이다. 남달리 높은 재능과 자질을 갖춰 미래가 튄 젊은이 또는 남들이 우러러볼 지체를 누리며 희망에 넘쳐 있는 젊은이는 그에 버금하는 또는 그에 비례하는 시련과 어려움을 겪게 되어 있다는 것을 유리 태자는 말해주고 있다. 결과적으로 그는 고난이며 어려움이야말로 기회라는 것을 웅변해주고 있다.

셋째가 또 있다. 높은 보람을 누리게 될 젊음일수록 남다른 시련을 이기면서 그 자질을 증명해 보여야 한다고 유리는 목청을 높이고 있다. 태양의 아들로 '태양 왕'이 되기 위해서는 몸소 태양까지 우주여행을 하는 것이 너무나 당연한 일이다. 하지만 그것은 인간으로서는 불가능의 난제難題요, 불가사의의 과제이다.

물론 태양 여행은 비유적인 이야기이다. 그렇게 과장되고 신비화되어도 좋을 만한 초인간적인 능력 또는 자질을 갖추고 실행할 수 있어야만 한 젊은이가 남다른 지체를 누리고 다들 우러러볼 신분을 향유하게 된다는 것을 유리 태자의 이야기가 강조해주고 있다.

그렇다. 젊음은 귀한 기회요, 어려운 과제이다!

저 높은
곳을
향하여!

고통은 쓰디쓴 풀이다
그것은 청춘의 보약이다

생각보다 쉽다 _실비아 부어스타인

우리에게는 두 종류의 두려움이 있다.

하나는, 지금의 상황이 영원히 지속될 것만 같은 두려움이다. 그러나 이것은 사실이 아니다. 영원히 지속되는 것은 아무것도 없다.

다른 하나는, 영원히 지속되지는 않는다 해도 지금의 상황이 너무도 고통스러워 견딜 수 없을 것만 같은 두려움이다. 이 두려움에 관해서는 우리가 모르는 중요한 진실이 하나 있다. 우리 인생에서 아주 쉽게 상처받는 우리 육체와 아주 쉽게 상처받는 우리들 관계에 힘든 시기가 전혀 오지 않는다고 말할 수는 없다. 하지만 그렇다 해도 나는 우리들이 스스로를 과소평가한다고 생각한다. 때로는 무척 힘들겠지만 우리는 충분히 이겨낼 수 있다고 믿는다.

마음속에 힘든 상태가 불어오면, 우리는 그 순간 겁을 먹고 그 마음 상태와 씨름하기 시작한다. 그것을 바꾸거나 아예 없애버리려 한다. 하지만 그러면 그럴수록 씨름은 거칠어지고 마음은 더욱 불편한 상태가 되고 만다.

아이들 만화에서 흔히 보는 장면이 있다. 주인공이 흥겹게 길을 가다가 문득 진창에 발이 빠진다. 엉겁결에 얼른 빠져나오려다 엎어지고 자빠지고, 결국 진창 범벅이 된다. 아이들조차도 이 상황을 어떻게 해결해야 하는지 알고 있다. 최선의 방책은 당황하지 말고 상황을 인식하는 것이다.

"이건 진창이야. 디딜 때는 몰랐지만 딛고 나서야 진창이란 걸 알아차렸지. 하지만 이건 그냥 진창일 뿐이야. 그렇다고 온 세상이 다 진창인 것은 아니야. 지금 이 상황에서 어떻게 하는 것이 가장 좋을까를 생각하자고."

삶은 고통이다.
삶을 산다는 것은 고통과의 맞겨룸이다.
수행자나 성인만이 고행하는 것은 아니다.
누구나 고행으로 삶을 지탱해간다.
그것이 인생의 철칙이다.

하나

젊음은 고통의 계절이다. 때로 사랑하기에 고통에 저리고, 때로 희망을 내다보기에 고통에 시달린다. 젊다는 것, 그것은 고통이 어느 연령층보다도 많다는 것을 의미한다. 고통, 그것은 젊음의 남다른 표정이다.

가을바람에 다만 괴로움을 읊건만
온 세상 누구도 들어주지 않으이.
한밤 창 밖에 비 내리는데
등불 앞 마음은 만 리 먼 곳에.

고운孤雲 최치원은 〈가을밤 빗속에서〉에서 이처럼 웅얼대고 있다. 그런데 괴로움을 읊는 것은 시적 자아만은 아닐 것 같다. 한밤의 갈바람 그 자체도 고통을 또는 고뇌를 읊조리고 있을지도 모른다. 이렇듯 괴로움은 시심이다. 시적인 서정 그 자체가 고뇌요, 고통이다. 괴로움이 인간에게 주어져 있지 않았다면 시는 온전치 못했을지도 모른다. 그러기에 시에서 괴로움과 만나는 것은 먼 길 가다가 이정표를 보는 것과 같은 것이다.

　삶의 갖가지 길. 그건 문득 뛰어올라서는
　우리들을 고통 많은 땅의 저 멀리로 끌어 올린다.

　릴케는《두이노의 비가悲歌》에서 이처럼 노래하고 있다. 우리
각자의 인생행로 그 자체가 고통을 위한 길라잡이나 다를 바 없
다는 것이 고통을 평생에 걸쳐서 시의 주제로 삼은 릴케의 생각
이다. 릴케는 삶의 길이 우리를 고통에 들어서게 하되, 그냥이
아니고 굳이 고통이 덧쌓인 곳, 그 높은 곳에 끌어 올린다고 했
다. 고통은 인생의 앞길이되, 드높은 곳을 지향하는 앞길이란
것이 릴케의 생각이다.

　"저 높은 곳을 향하여!"

　이 말은 젊은 인생들에게 기성세대가 던져주는 격려의 말이
다. 그런데 릴케는 굳이 "저 높은 곳, 고통을 향하여!"라고, 그
가 아니면 쉽게 입에 올리지 못할 말을 우리에게 선물하고 있
다. 인생의 앞길은 고통이라고 말하는 셈이다. 그의 시 작품 전
체에서 고통의 시가 갖는 비중은 매우 크다. 그 가운데《두이노

의 비가》는 아예 고통에 바쳐진 송가頌歌이다.

　물론 우리 누구에게나 고통은 무거운 짐이다. 아픔에 저린 비참함이기도 할 것이다. 견디기 겹고 참아내지 못할 쓰라림이자 비통함이다. 그래서 예부터 흔히 "인생人生 고해苦海"가 일컬어질 적마다 누구나 우울증에 빠지고 비관에 저려들었던 것이다.

　고통의 苦는 '쓸 고'이면서 '괴로울 고'이다. 그건 워낙 령苓과 같은 뜻의 글자였다. 령은 도꼬마리로 쓰디쓴 풀이다. 쑥이 그렇듯이 쓴 풀은 대개가 약이다. 그래서 감언甘言은 독이고, 고언苦言은 약이라고 한 것이다.

　이처럼 괴로울 고苦가 쓸 고苦와 단짝인 것은 무엇을 의미할까? 그것은 삶의 고통이 삶을 위해서는 여간 약발이 센 약이 아님을 뜻하기도 할 것이다. 쓴 약을 먹고 병을 고치듯이 괴로움을 삼켜내면서 삶이 온전해지고 건전해지리라는 것, 그래서는 마침내 인생의 보람을 거두게 되리라는 것을 의미할 것이다. 그래서 우리는 릴케의 문학에 거듭거듭 관심을 쏟게 되는 것인데, 그중에도 《두이노의 비가》는 각별하다.

　뭔가 스스로도 다잡아 말할 수 없는 그 무엇을 찾아서 오래도록 헤매고 구하던 주인공은 마침내 천사 같은 젊은 여인의 안내를 받아서 지하의 굴길에 들어서는데, 그 여정의 끝에 드디어 고통의 원광原鑛, 고통의 광맥鑛脈에 다다르게 된다. 인간이면 누구나 겪을 고통의 원자재가 거기 묻혀 있었는데, 길라잡이 하던 여인은 주인공에게 그것을 캐 가라고 한다.

이 대목을 요한 볼프강 폰 괴테의 《파우스트》나 알리기에리 단테의 《신곡神曲》 대단원과 견주게 되면서, 우리는 고통을 받아들이는 것이야말로 구원救援의 단서를 잡아내는 것이라는 암시를 받는다. 《파우스트》와 《신곡》에서는 삶의 궁극적인 보람을 구하고 찾으면서 방황하고 헤매던 주인공 앞에 천사 같은 젊은 여인이 나타난다. 그녀는 고통에 저리고 번민에 시달린 남자 주인공을 드디어 하늘로 데리고 올라간다.

그런데 이야기의 시작부터 마무리 직전까지 거의 비슷한 인생 행보를 걸어간 남자 주인공을 《두이노의 비가》의 여인은 지하로 데려간다. 구원이라면 으레 하늘로 가기 마련임을 생각하면 이를 두고 뭐라고 해야 하는 것일까? 고통에 빠뜨리는 것이라고 말하는 게 자연스럽다. 여기서 릴케 나름의 역설이 제 구실을 하게 된다. 구원의 단서는 고통과의 맞대면에서 찾아야 한다는 것이다. 고통의 감내 말고는 그 무엇으로도 우리가 고통을 이길 수 없다고 주장하는 셈이다.

그런데 오늘의 우리는 어떨까? 우리는 고통에서 한사코 내빼려고 한다. 고통을 저주하고는 쾌락의 함정에 빠지려 기를 쓴다.《두이노의 비가》에서 남자 주인공을 안내하던 여인이 이런 말을 하는 것은 바로 그래서일 것이다.

"그 전에는 사람들이 애써서 이 고통의 원광을 캐 갔습니다. 그런데 유감스럽게도 오늘날에는 아무도 손을 대지 않습니다."

고통에서의 탈주! 그건 가능하다고 해도 순간적일 뿐이다. 그런데 사람이 탈주하면 할수록 고통은 거꾸로 더한층 아프게 달라붙기 마련이다. 이것을 '고통의 역작용' 아니면 '고통의 반작용'이라고 부르면 어떨까 싶다.

고통은 인생의 필수품이다. 삶을 산다는 것은 고통과의 맞겨룸이다. 불제자나 기독교의 성인만이 고행하는 것은 아니다. 정도의 차가 있을 뿐, 인간은 누구나 고행하는 것으로 삶을 지탱해 나간다. 그것이 인생의 철칙이다.

"너, 그래 잘 왔다!"

고통더러 이렇게 말을 건네고 싶지만 쉽지 않을 것이다. 그렇다고 영영 투정만 부리고 말아서는 안 된다.

"왔냐? 그래, 한 번 겨루어보자꾸나!"

마음을 다잡고 최소한 이렇게는 말할 수 있어야 한다.

둘

살면서 우리를 가장 힘들게 하는 고통은 무엇일까? 무엇보다 오래도록 품어온 꿈이, 희망이 꺾일 때 고통스럽다. 좌절과 절망만큼 뼈저리게 고통스러운 것은 없다. 좌절은 굽힘이다. 꺾임이다. 좌절挫折의 좌는 '꺾을 좌' 또는 '꺾일 좌'라고 읽는데, 절도 나뭇가지를 꺾는다는 뜻인 '절지折枝'에서 그렇듯이 좌와 별반 다르지 않은 뜻을 지니고 있다.

드센 바람이 불면 나무의 생가지가 꺾인다. 폭풍이 몰아치면 멀쩡한 나무의 둥치도 잘린다. 그렇듯이 삶을 사노라면 세월의 된바람, 시국의 거센 바람, 세태의 폭풍에 휘말려서 삶의 의지 또는 희망이 부러지기 마련이다. 아니, 남이나 바깥을 탓할 수만은 없다. 자신의 실수로, 오랫동안 품었던 뜻이 산산조각으로 무너지기도 한다. 이래저래 우리는 좌절을 겪기 마련이고, 삶의 필수 과정 같은 것이 좌절이다.

실기失期, 실패 같은 이름으로 좌절이 우리를 덮치기도 할 것이다. 그런가 하면 실망, 실의失意와 더불어서 좌절이 우리 삶에 깊으나 깊은 함정을 팔지도 모른다. 학생들 같으면 낙제라는 좌절의 희생물이 될 수도 있다. 입시생 같으면 불합격이라는 좌절의 날벼락을 맞을 수도 있다. 이렇듯이 학습 과정 전체에 걸쳐, 아니, 인생 전체에 걸쳐 좌절이라는 무서운 복병伏兵이 우리를 노리고 있다.

젊은이에게는 사랑을 놓치는 실연失戀이 무지막지한 좌절이 되어서 달려들 수도 있다. 그것은 젊음이 겪는 최대의 좌절일 것이다. 그리하여 절대로 그러지 말아야겠지만 자칫 실연이라는 좌절은 젊은 목숨에 위협을 가하기도 한다. 실연의 좌절은 젊음에게 가장 뼈아픈, 가장 무서운 좌절이다.

그렇지만 어떨까? 인생의 좌절이란 것이 길을 가다가 돌부리에 채어 넘어지듯이 우연하게, 뜻밖에 겪게 되는 것일까? 물론 그럴 수도 있다. 산길을 가다가 지표로 드러난 나무뿌리에 걸려서 철썩! 하고 무릎이 꺾이는 경험을 해본 등산객이 결코 적지 않을 것이다. 심지어 허리가 잘쑥! 하고 가볍게 꺾이기도 할 것이다. 이런 것도 좌절은 좌절이다. 물리적인 또는 육체적인 좌절이라고 해도 괜찮을 것 같다.

한편 우리가 애는 썼지만 그만 실수해서 당하게 되는 좌절도 있을 수 있다. 그것은 본의 아닌 실수가 부른 것이기에 다부지게 스스로 나무라고 나설 게 못 되는 좌절일 수도 있다. 하지만 이런 것이 우리가 살아가면서 겪는 좌절의 전부도 아니고 전모全貌도 아니다. 사실 그럴 수도 없다. 짐짓 우리 자신이 책임져야 할 좌절, 우리가 자청해서 불러들이다시피 한 좌절도 없지 않다. 아니, 당연히 그렇게 다잡아서 따지고 들어야 할 좌절이 있기 마련이다.

내가 내게 안긴 좌절!

나 스스로 빠져든 좌절!

그런 딱한 좌절이 아주 없을 수는 없는 것, 그것이 우리 인생이다. 젊음의 인생도 마찬가지이다. 거기 후회가 따르고 심지어 참화가 따를 수도 있다. 그런데 그럴수록 꺾여서는 안 된다. 이를 악물고 되짚어서 일어설 수 있어야 한다. 젊을수록 좌절이 잦은 건 사실이다. 그러기에 재기의 몸부림 또한 젊음의 참 모습이라야 한다. 좌절이 재기의 기화가 되어야 한다.

칠전팔기七顚八起!

그래서 이 말을 젊음의 가슴에 다부지게 새겨두어야 한다. 전顚은 전복顚覆의 전이다. 승용차가 언덕에서 굴러 뒤집히는 것, 그것이 전복이다. 일곱 번 거꾸러져서 여덟 번 떨치고 일어서는 것이 칠전팔기이다. 그래서 우리들이 이를테면 불사조가 되는 것이다. 우리들 누구나의 인생은 어느 면에서는, 또 어느 정도는 칠전팔기일 수 있다. 그것이 바로 인생이다. 어느 만큼은 우리들 누구나 불사조, 곧 죽지 않고 영생을 누릴 새이고, 목숨이다.

여기서 한 가지를 다짐하자! 칠전이 없으면 팔기도 없다는 것을, 엎어져 거꾸러짐이 없으면 재기再起가 없다는 것을 다짐하자. 넘어져 엎어지지 않고는, 좌절을 겪지 않고는 불사조가 될 수 없다는 것을 명심하자!

스케이트 경기를 하고 있는 선수가 아차! 하는 순간에 얼음 바닥에 미끄러져 넘어진다. 그는 넘어지기 무섭게 떨치고 일어서더니 다시 얼음판을 지치면서 내달린다. 아까보다 더 재빠르게, 더 날쌔게 질주한다. 관객들이 모두 일어나서 박수를 친다. 바로 이런 경이로운 장면, 거기서 우리는 좌절의 의미를 읽어내야 한다.

좌절은 재기이다. 비약적인 재기이다.

소설 작품 가운데는 '좌절과 재기'를 핵심적인 줄거리로 삼은 것이 적지 않다. 흔히 소설에서 마무리 직전의 고비를 대단원이라고 하는데, 그 대목에서 이른바 '역전극'이 곧잘 일어나곤 한다. 그것은 그 전과는 정반대의 일이 벌어지는 극적인 대목이다. 그 대표적인 보기가 좌절을 겪은 주인공이 단단한 결의로 다시 일어서는 것이다.

"2조 앙 나방!"(2조 앞으로!)

선생의 구령이 떨어졌다. 토니오 크뢰거와 그 파트너의 차례였다.

"인사를 하고."

다시 구령이 떨어졌다. 크뢰거는 머리를 숙였다.

"여성들은 선무를 추어라."

그리하여 크뢰거는 고개를 숙이고 제 손을 네 명의 여자 아이들 손 위에 놓았으나 그만 제가 선무를 추고 말았다. 사방에서 킬킬 거리고 웃는 소리가 났다. 선생인 크나크는 깜짝 놀랐다는 표시를 하면서,

"아, 이거 큰일났군!"

하고 소리를 질렀다.

"가만 있어. 중지! 크뢰거 군은 여성들 축에 끼어버렸어요. 뒤로 물러나요. 크뢰거 아가씨, 뒤로 가세요."

그렇게 빈정대면서 남자, 아니 크뢰거를 제 자리로 물러나게 했다.

웃지 않는 사람이라곤 없었다. 어린 사내아이들, 계집아이들 그리고 방 안 저편의 부인네들까지도 웃었다. 크나크 선생이 크뢰거의 우발적인 실수를 우스꽝스럽게 만들고 말았다.

토마스 만의 소설 《토니오 크뢰거》의 한 장면이다. 초등학교 고학년 정도일 때 크뢰거는 이 야릇한 실수를 저지르고 말았다.

그것도 하필 그가 짝사랑하면서도 말 한마디 건네지 못하고 눈치 한 번 보여주지 못한, 같은 반 여학생 잉게 홀름과 한 조가 되어서 선무旋舞, 즉 남자 아이가 내민 손을 잡고 여자 아이가 뱅글뱅글 도는 춤을 추는 그 절호의 기회에 그만 실수를 저지르고는 남들의 웃음거리가 된 것이다.

이것이 남달리 다정다감하지만 소극적이고 부끄럼 많은 소년 크뢰거에게 결정적인 좌절이 되고 만다. 그는 짝사랑을 포기하고, 학교에 부치던 어린 꿈과 희망도 모두 내던지고 만다. 그렇게 애틋한 첫사랑이 산산조각 난 다음, 사랑에 좌절하고 어린 인생에 결정적 좌절을 겪은 이 소년은 오직 그의 천성과 소질이 부르는 길을 따라서 전념하게 된다. 한스 슈토름의 〈이멘 호〉를 비롯한 문학 작품 읽기에 전념하는 한편 그는 시 쓰기에도 집중한다.

"그까짓 것, 춤추다가 실수해서 남의 웃음거리가 된 것, 그까짓 것이 어쨌단 말이야?" 하고 그는 반발한다. "언젠가는 모두들 웃지 않게 될지도 모른다. 전에도 어떤 잡지에서 나의 시 한 편을 받아주지 않았던가! 그 잡지는 이내 폐간되고 말았지만 장차 내 이름으로 쓴 작품이 모조리 인쇄되는 날이 올 것이다."

이런 맹세 끝에 그는 오직 그 길을 향해서 젊음을 바친다. 그러고는 드디어 시인으로 온 나라 안에, 그리고 전 유럽에 이름을 떨치게 된다. 그렇게 되기까지 그가 지켜낸 삶의 철학은 다음과 같다.

그는 살기 위해서 일을 하는 그런 자들과 같이 일하지 않았다. 일하는 것밖에는 아무것도 원치 않는 사람으로 일을 했다. 그것도 그럴 것이, 사회의 일원으로서 자기에 대하여 아무런 가치도 인정하지 않고 오직 문학의 창조자로서 보아주기만 바랐다. (…) 훌륭한 작품이란 오직 괴로운 생활의 압박을 받아서만 나오게 되는 것이라는 신념을 지켜 나갔다.

참담하게 남의 웃음거리가 되면서 첫사랑을 놓친 그 좌절! 그것이 크뢰거가 위대한 시인이 되는 출발점이자 동기가 된 것이다.

셋

우리는 낡은 농가에 앉아 있었다.
창문으로는 바다가 바라보이고

밤낮으로 차고 축축한 바닷바람이
맘껏 드나들었다.

멀지 않는 곳에 항구와
낯선 고요한 옛 마을이,
등대와 무너진 성채와
기묘한 갈색 판잣집들이 바라보였다.

우리는 작은 방을 가득 채우고 앉아
밤새껏 이야기를 나누었다.
얼굴은 희미하게 보이지 않아도
우리들 목소리만이 어둠을 깨뜨리고 있었다.

(…)

마음이 그러하니
말조차 무력해지는 법
어떤 것은 덮어두고
어떤 것은 너무 많이 지껄이게 된다.

우리들의 어조가 바로 그런 것
뭐라 할 수 없게 서먹서먹하고
추억 속의 잎사귀들이 어둠 속에서
서걱거리는 소리가 슬프기만 했다.

우리들 입술에서 말이 끊기자
갑자기 좌초한 난파선의 배 조각으로
피우는 불길이 타오르며 이내 꺼지려 했다.

환히 타오르다 사라지는 그 불꽃처럼
우리는 대양에서의 난파를 생각했다.
돛대는 부러지고
소리치던 목소리는 대답이 없고.

창문은 덜컹거리며
대양은 으르렁대고
거센 바람과 가물거리는 불꽃
이 모든 것이 우리들 이야기와 뒤섞여 있었다.

마침내 이들은

마음속 떠도는 환상의 일부가 되어

다시는 대답 없는

오래 잊힌 모험담이 되었다.

오, 피어나는 불꽃이여! 갈망하는 가슴이여!

너희들은 서로 같은 핏줄

밖으로는 타오르는 장작불

안으로는 번쩍이며 불타는 생각!

—롱펠로,〈장작불〉

　친구들 몇이, 젊은 것으로 짐작되는 친구들끼리, 어두침침한 좁다란 방에 모여 앉아서 이야기를 주고받는 것으로 이 시는 시작된다. 창 밖으로 내다보이는 주변은 바다 멀리나 가까운 이웃이나 하나같이 쓸쓸하고 스산하다. 그런 상황에서 그들은 도란도란 이야기를 주고받는다. 사라져버린 추억거리는 가슴을 저리게 만들고, 미래는 아직 짙은 어둠 속에 놓여 있다. 거의 모든 것은 추억 속에 나뒹구는 낙엽처럼 서걱거리면서 슬픔에 짓눌려 있다.

　그래서 그들의 이야기는 중단되고 다들 깊은 침묵 속에 잠기고 만다. 그러자 바로 그때 "갑자기 좌초한 난파선의 배 조각으로 피우는 불길", 그것이 솟아올랐다. 물론 각자의 마음속에서 말이다. 그들의 머릿속에 떠올라서 타오르는 불꽃은 이제 그들의 이야기와 뒤섞였다. 그것은 "마음속 떠도는 환상의 일부가 되어서는 다시는 대답 없는 오래 잊힌 모험담"의 일부가 되기도 했다.

"난파선의 배 조각으로 피우는 불길"에는 모순어법이 숨어 있다. 난파한 배의 조각이 불길이 되어서 타오르다니! 이는 패망이 피어내는 불길로, 거기서는 파멸의 불길이 타오르고 있다. 무너진 세계에서 불사조의 날갯짓이 문득 설레고 있다. 그리고 지난날의 그 우람했던 '모험담'이 불길과 어울리면서 여운을 크게 울리고 있다.

그러기에 어두운 방 안, 스산한 분위기에 눌려 있던 젊은 목숨은 부르짖는 것이다. "오, 피어나는 불꽃이여! 갈망하는 가슴이여!"라고.

그런데 젊은 목숨은 여기서 그치지 않는다. 더 나아가서 피어나는 불꽃과 갈망하는 가슴 그 둘을 두고 "너희들은 서로 같은 핏줄/밖으로는 타오르는 장작불/안으로는 번쩍이며 불타는 생각!"이라고 절규하는 것이다.

여기 장작불은 모닥불이라도 괜찮을 것 같지만 어느 것이든 간에 들판에 피어올린 강렬한 불길이라야 할 것 같다. 활활 무섭게 타오르는, 이글대면서 타오르는 불길이라야 주어진 문맥에 제격으로 어울릴 것이다.

난파선의 조각으로 피워 올린 불길, 그것은 절망을 모를 것이다. 그 불길이라면 파탄도, 좌절도 오히려 떨치고 일어서는 동기가 될 것이다. 이것이라야 비로소 열정의 불길일 수 있을 것이다. 불사조의 날갯짓일 수 있을 것이다. 그런 불길로 젊음의 가슴은 이글대야 한다. 활활 타올라야 한다. 젊음에게는 일시적인 절망도, 한때의 좌절도 필경 그런 불길을 피워 올리는 불쏘시개에 불과할 것이다.

삶을
창조적으로
전환시키는
계기

결핍은 박차이다
그것이 청춘을 질주하게 한다

월든 _헨리 데이비드 소로

그대의 삶이 아무리 가난하다 해도 맞부딪쳐 살아 나가라.

회피하거나 욕하지 마라.

그대가 나쁜 사람이 아니듯 삶도 그렇게 나쁘진 않다.

그대가 가장 풍요로울 때는 삶이 초라하게만 보인다.

불평쟁이는 낙원에서도 불평만 늘어놓을 것이다.

자신의 삶을 사랑하라. 삶이 아무리 가난하다 해도

그렇게만 한다면, 그대가 비록 달동네의 형편없이 가난한 집에

있다고 해도

즐겁고 가슴 떨리며 멋진 시간들을 보낼 수 있으리라.

황혼의 빛은 부잣집 창문뿐 아니라

가난한 집 창문도 밝게 비춘다.

초봄에는 가난한 자들 집 앞의 눈도 녹는다.

그대가 평온한 마음을 가지기만 한다면,

거기서도 궁전에서처럼 즐겁고 만족스런 삶을 살 수 있으리라.

공자는 "부유해도 교만하지 않고, 가난해도 비굴하지 않은"
사람이야말로 멋진 사람이라고 이야기했다.
풍족함이나 궁핍함은 하나의 환경일 뿐이다.
그리고 인간은 환경을 개척하며 살아가는 존재이다.
비록 한때 가난하다 해도, 결코 자존과 여유를 잃지 말 일이다.

하나

아낙은 야밤에 풀잎을 따서
겨우 죽 한 그릇을 끓이더니
부엌 가운데서 먹는 어둔 소리는
산새가 훌쩍대며 모양새 본 따더라.

지독한 가난의 꼴! 불쌍하다 못해 마음이 아리다. 비록 원문에는 게으른 아낙이라 되어 있지만 나태해서만 이런 처연한 꼴을 보이는 것은 아니다. 야밤에 인기척도 없는 부엌에서 혼자 풀죽을 훌쩍거리는 그 몰골은 가난도 예사 가난이 아닌 극빈이다.

게을러빠져서 그 꼴이니 당해서 싸지 뭘! 그렇게 혀를 차고 말 일은 아니다. 아무리 나태하다고 해도 가진 것만 있다면 풀잎 끓여서 만든 죽을 먹을 턱이 없다.

채소잎이냐, 풀잎이냐를 가릴 것도 없다. 하지만 워낙 천성이 일하고는 까마득하다 보니, 텃밭에 남새를 길렀을 리가 없지 않은가! 보나마나 뜰을 뒤덮었을 잡초 중에서 쑥이나 고들빼기쯤을 잡아 빼서는 명색이 나물이랍시고, 죽이랍시고 끓였을 게 틀림없다. 게으름에 겹친 지독한 가난, 오죽하면 밤에 우는 소쩍새가, 아낙이 죽 들이마시는 그 소리를 흉내 내었을까!

김삿갓은 하고 많은 가난을 노래했다. 동냥치로 팔도강산을 헤매고 다니던 시인으로서는 절로 그렇게 되었을 것이다. 시를 읊기 위해 입만 벙긋하면 가난이고 궁색이었을 것이다.

천 리 나그네 길을 지팡이 하나에 의지하고
남은 엽전 겨우 일곱 닢, 오히려 많다고 혼잣말 한다.
주머니 가운데 깊이깊이 간직하기를 다짐하지만
노을 진 들판 가운데 주막집, 술을 보고는 어찌할거나.

길은 백 리, 천 리를 가야 할 텐데, 주머니 속에는 달랑 엽전 일곱 닢이라니? 요즘 돈으로 치면 100원짜리 동전 일곱 개쯤 될까? 하지만 밥 빌이도 마다않는 걸인 꼴의 나그네에게 그나마 여간 귀한 자산이 아니다. 그래서 다시는 꺼내 쓰지 않을 것처럼 주머니 바닥 깊은 곳에 다져서 간직하노라고 했지만 이게 무슨 유혹인가?

들판으로 난 길가에서 풍겨오는 술 냄새! 솔깃해서 저녁 끼니 삼아 표주박으로 두어 잔 들이키고는 고단함도, 외로움도 잊고 또 어둠 속으로 발을 내디딜 것이다. 김삿갓이 부르는 가난의 노래는, 그 웅얼댐은 여기서 그치지 않는다. 가난을 빼면 그의 시는 지워져버릴 것이다.

밥상 가운데 고기는 없고 채소에게 권세가 돌아가고
부엌 가운데 땔나무 떨어졌으니 화가 울타리에 미치는구나.
시어미와 며느리가 끼니 먹을 땐 같은 그릇이고
아비와 자식이 문밖 나갈 땐 옷을 바꾸어 입는구나.

〈빈음貧吟〉, 빈곤의 읊조림이란 이 시에서도 가난은 지독하다. 빈이 붙은 말로는 빈곤, 빈궁, 빈한貧寒 말고도 빈천貧賤 등이 있다. 이 보기 싫은, 역겨운 낱말들은 빈이 아예 한기寒氣고, 비천卑賤이고, 곤궁困窮임을 일러주고 있다.

겹겹이 나무로 테를 두르고는 누군가를 가둬 꼼짝 못하게 하는 것이 곤困이다. 궁窮도 막히고 옹색하기로는 곤과 별로 다르지 않다. 그래서 가난의 빈은 궁핍과도 뜻이 통하게 된다.

가래는 구부러진 나무, 처마는 땅에 닿은 꼴
그 틈이 한 되 바가지 정도니 겨우 몸을 들일까 말까.
평생토록 긴 허리 구부리고자 하진 않았는데
이 밤엔 다리 하나 펴고 눕기도 가망 없구나.

쥐구멍에 연기가 통하니 깜깜하기만 하고
쑥 바른 창에 짚으로 가렸으니 어찌 새벽 온 줄을 알랴.
그러나 옷 적심을 면하였으니
떠남에 집주인에게 고맙다고 인사하였네.

〈비 만나서 촌집에 머무노라 逢雨宿村家〉라는 이 시에서 트인
곳, 밝은 틈은 쥐구멍만큼도 없다. 꽉꽉 갇히고 막혀 있다. 그야
말로 곤궁과 궁색, 오직 그것뿐이다. 그래도 하룻밤 신세지고
홀연히 떠나는 나그네는 주인에게 감사의 뜻을 전한다. 그건 곤
궁이 낳은 마음의 여유이다. 옹색하게 잠을 자고도 비에 젖지
않은 것을 요행스럽게 여기는 것과 더불어 나그네의 마음의 여
유가 돋보인다.

이를 옛 사람들 같으면 '궁즉통窮卽通', 곧 '궁해서 오히려 통
한다'고 할 것 같다. 궁색에서 여유를 찾는 것이야말로 진짜 넓
은 마음이라고 해도 좋을 것이다. 이처럼 궁즉통 하는 나그네는
앞의 시 〈빈음〉에서도 상당한 마음의 여유를 내보이고 있다.

밥상 가운데 고기는 없고 채소에게 권세가 돌아가고
부엌 가운데 땔나무 떨어졌으니 화가 울타리에 미치는구나.

이건 익살이고 유머이다. '권귀채權歸菜'를 곧이곧대로 우리 말로 옮기면, '권세가 채소에게 돌아가'와 같이 된다. 고기반찬이라고는 눈을 비비고 보아도 없고 오직 채소 반찬만이 놓인 그 보잘것없는 꼴을 두고 거꾸로 채소가 당당하게 권세를 피우고 있다는 것이니, 허풍도 예사 허풍이 아니다. 역설이고 과장이다. 그것이 바로 익살을 빚고 유머를 일구어낸다.

곤궁 속에서, 찌들 대로 찌든 궁핍 속에서 오히려 능청을 떠는 이 경지야말로 유머의 절정이다. 이런 점은 "부엌 가운데 땔나무 떨어졌으니 화가 울타리에 미치고"라는 대목에서도 마찬가지이다. 땔나무가 바닥났으니 별 도리가 없다. 자다가 얼어 죽을 수야 없으니 무슨 비상 대책이 있어야 한다. 그래서 울타리나 사립짝을 뜯어다가 임시변통으로 아궁이에 불을 지핀 것을 두고 '화가 미쳤다'고 말하는 것이다.

저녁밥도 먹으나 마나 한 처지, 시장기에 한기까지 겹치면 오들오들 궁상을 떠는 수밖에 없다. 그런 중에 수다를 떨고 허풍을 떨다니! 예사 익살이 아니고 보통 유머가 아니다.

궁상 속에서 되레 유머를 발휘하는 경지, 거기서 천재 방랑 시인의 시가 창작된 것이다. 그 궁상, 그 궁핍이 아니었더라면 그의 시는 꽃피지 못했을 것이다. 가난이, 궁핍이 오히려 삶을 창조적으로 살게 하는 결정적 동기가 된 사람이 어디 김삿갓뿐

이겠는가?

앤드루 카네기도 그렇다. 소년 시절에 겪었던, 학교도 못 다닐 만큼의 지독한 가난 덕분에 카네기는 철광鐵鑛의 왕자가 되고, 미국 제일의 재벌이 되었던 것이다. 열 살의 나이에 신문 배달을 해야 했던 월트 디즈니의 생애에서도 가난은 같은 역할을 했다. 증기선의 화부와 마부로 일하며 자란, 미국 신문계의 제왕, 조지프 퓰리처도 별로 다를 바가 없다. 그는 화부며 마부 노릇만 한 것이 아니었다. 그는 우리 같으면 지게꾼과 같은 하역 인부며 공사장 일꾼이며 식당 종업원도 마다하지 않았다. 거기다 형제가 어려서 요절한 뒤 아버지마저 일찍 여의는 고통을 겪어야 했다.

그렇다. 그들 누구에게나 예외 없이 가난과 결핍은 삶을 창조적으로 전환시키는 결정적 계기가 되고, 동력이 된 것이다.

둘

아버지는 여기저기 일자리를 구하다 못해 자기 손으로 짠 베를 이 집 저 집 팔고 다니는 행상꾼으로 나섰고 어머니는 빵이며 과자며 채소 따위를 팔다가 그만두고는 구둣방의 품삯꾼이 되었다. 이런 집안이면 그 형편은 말이 아닐 게 뻔하다. 찢어지게 궁색한 극빈자 가정일 것이다.

카네기는 그런 부모 밑에서 자라났다. 그는 초등학교 5년을 다니다가 학업을 중단해야 했다. 1848년 열세 살 때 그의 가족은 고향인 스코틀랜드를 떠나서 미국으로 이민 갔지만 가난은 벗어날 수 없었다.

카네기는 극빈 아동에, 무학의 꼬마로 자랄 수밖에 없었다. 그는 자칫 부랑패가 되고 껄렁패가 될 수도 있는 막다른 골목에서 소년 시절을 보내야 했다. 하지만 카네기는 학교 대신 부모에게서 많은 것을 배웠다. 가난에 짓눌려서 기가 죽지 말라는 것, 땀 흘리고 열심히 일하라는 것, 성실하고 마음을 올바르게 쓰라는 것 등을 그의 부모는 말보다 행동으로 가르쳤다.

"그래. 하루 세끼를 제대로 잇기가 어렵도록 빈곤한 생활을 할지라도 나쁜 짓을 하면 안 된다. 누구보다도 쓸모 있는 사람이 되어서 남들을 도우면서 살 줄 알아야 한다. 그러자면 게으름을 피우지 말아야 한다. 부지런하고 알뜰해야 한다. 머리도 옳고 바르게 쓰도록 해라."

어머니는 이렇게 타일렀다. 그런 가르침을 받으면서 카네기는 부모를 돕고 싶었다. 어떻게 해서든 가난에서 헤어나고 싶었다. 그는 끼니나마 거르지 않기를 소망했다.

"그때 우리 가족은 한 달 생활비로 25달러가 필요했다. 일 년이면 300달러가 있어야 했다. 나는 스스로 일을 구해서 돈을 벌어 살림에 보태고 싶었다."

카네기는 나중에 《카네기 자서전》에서 이렇게 어린 시절의 가난을 되돌아보고 있다. 그 무렵 한 가정의 평균 생활비가 30달러 정도였음을 감안하면 그의 회고에 어린 눈물을 헤아리게 될 것이다.

일자리를 구하느라 애는 썼지만 스무 살도 안 된 나이로는 쉽지 않은 일이었다. 마음만 졸이고 있는데 어느 날, 사정이 좀 나은 그의 숙부가 찾아왔다.

"앤드루, 무슨 일이든 하겠다면, 어떠냐? 일자리를 구하기가 힘들면 차라리 장사로 나서는 게? 바구니에 물건을 담아 부둣가에 가서 팔아보도록 하려무나."

듣고 있던 카네기의 어머니가 버럭 화를 냈다.

"뭐라고 하셨죠? 부둣가의 바구니 장수들은 구걸하는 거지들이나 다름없는데, 앤드루더러 그 꼴이 되라고요? 내 아들에게 그걸 시키느니, 차라리 우리 가족 모두 굶어 죽거나 강물에 투신할 거예요."

놀란 숙부가 도망치다시피 밖으로 나간 다음, 어머니는 카네기를 끌어안고 서럽게 울었다. 카네기의 동생도 울음을 터뜨려서 온 집 안이 울음바다가 되고 말았다. 한참 뒤 어머니가 카네기의 등을 도닥대면서 달래듯이 말했다.

"장사하는 것을 나쁘다고는 생각하지 않는다. 그런데 부둣가의 바구니 장수는 명색이 장수지 실상은 거지가 아니냐 말이다. 그들은 남에게 구걸하는 거지나 다를 게 없어! 명색이 숙부라는 어른이 조카에게 구걸질을 시키다니! 어디 서러워서 살겠니? 사람은 뭘 하든 떳떳이 제힘으로 돈을 벌어야 돼! 그래야만 쓸모 있는 인간이 되는 거란다. 그런데 애써서, 바르게 번 돈으로 너희만 먹고 살면 안 돼. 남들을 돕는 의로운 사람이 되어야 해! 남들의 존경도 받아야 해! 절대 구걸은 안 돼."

울음을 거둔 카네기는 이 날의 서러움과 어머니의 타이름을 깊이깊이 가슴에 새겼다. 그리고 훗날 자서전에서 이 날의 일을 다음과 같이 회고하고 있다.

내 인생을 돌이켜볼 때 이날의 일처럼 가슴 아프고 슬픈 사건은 없었다. 그날 어머니가 숙부 탓에 노여워한 것은 그가 나더러 일해서 돈을 벌라고 해서가 아니다. 남들에게 구걸해서 얻어먹다시피 하며 폐를 끼치는 짓을 하라고 했기 때문이다.

어머니는 자식에게 그런 일을 시키느니 차라리 죽음을 택할 것이라고 했다. 게으름을 수치라고 늘 우리를 타이르시던 어머니가 일 않고 빌어먹는 일을 시키실 턱이 없었던 것이다. 지금 회고하면 정말로 가난하고 어렵고 힘겨운 시절이었지만 나는 내놓고 다음과 같이 말할 수 있다.

"우리 가족처럼 가난한 사람들이 드문 게 사실이었지만 온 미국 안에서 우리 가족처럼 고고한 긍지를 간직하고 산 가족도 드물었을 것이다."

가난해서 오히려 더 크게 지켜낸 인간 긍지와 자존심!

그러기에 게으르지 말자는 다짐!

남들보다 백 배 천 배 더 열성껏 일하자는 결의!

그래서 반드시 남을 도우며 사는 의로운 사람이 되자는 각오!

이 4대 신념이 카네기의 인생 지침이 된 것이다. 가난에 굴하고 굶주림에 꺾이지 말자는 의지가 훗날 카네기를 철광업의 제왕 카네기, 재벌과 부호의 대명사인 카네기를 만들어내는 기틀이 된 것이다.

어린 나이에 실공장의 직공, 실패 만드는 공장의 화부, 전신국 배달원 등을 거치는 동안 일에 바치는 그의 집념은 무서울 정도였다. 그가 배달원으로 일할 때 자신이 맡은 광대한 구역의 지도를 송두리째 머릿속에 담고, 거리의 이름과 번지수, 회사나 가게의 이름을 깡그리 외운 것은 그런 집념을 대변하는 한 가지 사례에 지나지 않는다.

그는 일에만 집념을 보인 것이 아니었다. 어느 날 배달을 가던 그는 우연히 흥미로운 광고를 보게 되었다.

"학교에 다니지 않는 청소년들에게 책을 빌려드리고자 합니다. 우리 집에 400권이 넘는 책이 있는데, 누구든 원하는 사람에게 한 번에 한 권씩 빌려드릴 것입니다."

제임스 앤더슨이라는 대령이 붙인 벽보였다. 카네기는 매주 토요일마다 그 대령에게 가서 책을 빌린 다음 독서에 열중했다. 문학, 과학, 교양 등 가리지 않고 탐독耽讀했다. 일하는 틈, 쉬는 틈은 온전히 독서에 바쳤다. 그리하여 학교에 다니지 못하는 한을 알뜰하게 채워 나갔다. 이렇게 얻은 지식과 정서, 교양은 훗날의 카네기가 웅지를 일구는 데 결정적인 도움을 주었다. 독서의 중요성을 자각自覺하고 있던 카네기는 훗날 전 미국에 무려 2,811곳의 도서관을 건립했다.

일에 대해서 그러했듯이 책 읽기에도 그는 끈질긴 집념을 보였다. 앞서 말한 4대 신념에 더해서 책 읽기에 바친 집념이 있었기에 젊은 카네기의 성공담이 빛나게 엮어졌던 것이다.

헤매라,
그러면
구하리라!

방황은 미로이다
그것은 창조로 통하는 길이다

방황하는 앵거스의 노래

_윌리엄 버틀러 예이츠

나는 개암나무 숲으로 갔다.
머릿속에서 불길이 일었기 때문에,
개암나무 가지를 꺾어 껍질을 벗기고
딸기를 한 알 실에 꿰었다.
흰 나방이 날갯짓하고
나방 같은 별들이 반짝일 때
나는 딸기를 물에 담그고 은빛 송어를 낚았다.

나는 그것들을 마루 위에 놓고 불을 피우러 갔다.
그런데 무언가가 마루에서 살랑살랑 소리를 내며
누군가가 내 이름을 불렀다.
송어는 머리에 사과 꽃을 꽂은
아스라하게 빛나는 한 처녀가 되어
내 이름을 부르며 달아나
환한 대기 속으로 사라져버렸다.

나는 골짜기와 언덕을 헤매며

늙어버렸지만

나는 그녀가 간 곳을 찾아내어

입술에 입맞추고 손잡고서

얼룩진 긴 풀 속을 걸으리라.

그리고 시간이 다할 때까지 따리라.

저 달의 은빛 사과를

저 해의 금빛 사과를.

값지고 빛나는 삶의 길은
충분한 헤맴 뒤에 그 모습을 나타낸다.
방황은 자주 상처를 입히고 때로 심장이 찢길 듯한
고통을 동반한다. 하지만 그 시련의 헤맴 없이는
영광의 카네이션도, 흥겨운 뱃노래도 구할 길이 없다.
조급해 하지 말고, 충분히 헤매고 충분히 구하라!

하나

젊음의 길은 이미 거기 내깔려 있는 것을 주워 올리면 그만
인 것, 그런 것이 아니다. 아무것도 없는 황무지를 가듯이 젊음
은 허허로이 그의 길을 가야 한다. 황당한 허허벌판, 텅텅 빈
비탈길, 어느 것 하나 미리 마련된 것이 없는 고갯길을 가듯이
젊음은 그 인생길을 가야 한다. 그건 길라잡이도, 이정표도, 안
내자도 없는 외롭고 쓸쓸한 행군이다. 그 앞에 무엇이 나타날
지, 무엇이 가로막고 나설지 모르는 길을 가는 것, 그것은 다만
모험일 뿐이다.

모험에는 수난이 필수이다. 한 번도 가본 적이 없는 길을 홀
로 나서는 모험길에는 고난이 반드시 말썽을 부리기 마련이다.
그래서 모험은 도전이 된다. 정해진 코스를 내달리는 육상 경기
같은 인생 경로, 그런 것 앞에서 젊음은 세차게 고개를 가로젓
는다. 젊음은 난관에 부딪히기보다는 스스로 난관을 만들면서
제 길을 간다. 그 사나운 팔자의 주인공, 그것이 바로 젊음이다.
그러기에 모험은 젊음의 둘도 없는 표징이다. 젊은이가 젊은이
답기 위해서는 누구나 '허클베리 핀'이 되고 '톰 소여'가 될 수
밖에 없다.

톰 소여가 그랬듯이 짓궂은 장난, 말썽 많은 놀이, 어린이의 어린이다운 행적들의 당연한 연장연상에서 젊은이들은 모험을 감행해야 한다. 젊은 피는 모험을 먹고 끓고, 그 가슴은 모험과 함께 부푼다. 어린이의 모험이 장난이라면, 청춘의 장난은 모험이다.

모험에는 필연적으로 방황이 따르지 않을 수 없다. 아니, 방황이 없으면 모험은 김빠진 맥주가 되고 만다. 방황의 방彷이나 황徨이나 옥편에서는 다같이 배회徘徊, 곧 '헤맨다'로 뜻풀이를 하고 있다. 방은 위로 아래로 오르락내리락하거나 이리저리 오락가락하는 것이고, 황은 크게 걸음을 떼면서 오락가락하는 것이다.

옥편에 따르면 배회나 방황이나 그 뜻에는 큰 차이가 없다. 하지만 배회왕래徘徊往來란 말이 있듯이 배회는 천천히 느긋하게 거닌다는 뜻을 따로 지니고 있다. 그렇다면 배회는 산책과 뜻이 크게 다르지 않다. 방황이나 배회는 느릿느릿하게든 서둘러서든 간에 그냥 헤맴이 아니고 '찾아 헤맴'이란 사실에 유념해야 한다.

미리부터 알고 있는 것, 그런 것은 찾을 턱도, 헤맬 턱도 없다. 어디 있는지, 거기까지 어떻게 갈지도 모를, 찾음의 대상을 두고서라야 비로소 방황이 필요해진다. 방황은 미지이며 불가지, 이를테면 알 수 없는 것, 정체불명의 것을 향한 정처 없는 발길이다.

그것은 대부분의 추리 소설을 닮아 있다. 탐정이나 형사는 단서 하나 남겨져 있지 않은 캄캄한 절벽 속에서 해결의 길에 나선다. 그에게도 방황은 불가피한 것이다. 그래서 방황은 새로운 발견, 여태껏 누구도 찾아내지 못하고 보지도 못한 것을 새로이 찾아내는 것과 통하게 된다. 이래서 청춘은 발명, 발견, 창조가 된다.

헤르만 헤세의 명작 《크눌프》에서 주인공은 오직 방황하고 여행하는 것을 인생의 전부를 삼는다. 하지만 그 모든 배회는 그의 인생살이를 긍정하고 받아들이는 것으로 열매 맺는다. 그의 방황 인생에 '노No'는 없었던 것이다.

고대 그리스의 젊은이들은 미로를 거쳐서 지하 세계와 지상 세계 사이를 내왕해야 했다. 미로迷路란 앞길을 찾아내기 어려운 수수께끼 같은 길이다. 꼬부라지고 뒤틀리고 막히고 꺾이고 하는 것이 '메이즈maze', 곧 미로이다. 그것에 시달리고 애 먹으면서 무사히 빠져나오는 것이 성년식의 필수 절차였다. 미로로 들어가는 것은 미성년인 어린이가 성년의 젊은이가 되는 의식儀式의 필수 과목이었다. 미로는 방황의 길이고 헤맴의 길이다. 그것은 젊음의 길이다.

"헤매라, 그러면 구하리라!"

이 말은 젊음에게 바쳐진 복음이다.

체육관이 있는 근처에 이르러 크눌프는 발을 멈추고 사방을 둘러보았다. 앙상한 밤나무 사이로 습기 찬 바람이 고요히 날리고 있었다. 검은 빛을 띤 강은 소리 없이 흘렀고, 창에 비친 몇개의 불빛이 숲 속에서 하늘거리고 있었다. 온화한 밤이 방랑아의 전신을 즐겁게 했다. 냄새를 맡듯이 숨을 크게 들이마시며 봄을, 따뜻한 기운을, 메마른 거리를 그리고 방랑자의 생활을 아련히 느끼는 것이었다.

그의 풍부한 기억을 통하여 마을과 계곡과 이 지방 전체의 모양을 그려보았다. 모든 것이 눈에 익었다. 큰 길, 작은 길, 거리, 마을, 집들, 그 집에 묵은 일이 있는 친절한 집들이 눈에 선했다. 곰곰이 생각한 후 다음 여정을 세웠다.

─《크눌프》에서

여기서 방랑은 즐거움이고 삶의 보람 같은 것이다. 그러기에 나그네 길은 방랑자에게 보람이고 희망이다. 그것이 젊음의 빛이다. 주인공은 다음 여정을 생각하는 것으로 그의 미래를 꿈꾸고 있다. 공상을 앞세워서 모험에 몸을 맡기고 방황하다 보면, 기가 꺾이기는커녕 투지가 충천하는 게 젊음의 낭만이다. 젊음은 열정으로 그 낭만을 불태운다.

화톳불이 이글대는 가슴으로 봉홧불을 들고 인생을 앞서 가는 것이 젊음이다. 그런 터에, 공상에 젖은 젊음은 모험이기에, 또 방황이기에 열정에 온몸이, 온 마음이 달아오를 수밖에 없다. 뻔한 것에, 새삼 알아낼 것도 없는 것에 열정을 태울 까닭이 없다. 쉽게 손에 들어올 것에 열정이 불탈 턱이 없다. 혹시 그렇다면 그건 멀쩡한 집에 불을 붙인 것이나 다를 바가 없다. 헛물켜기가 아닌 헛불켜기이다.

그때 저의 첫 글의 동기가 된, 디종 아카데미가 내건 문제가 눈에 띄었습니다. 불현듯 타오르는, 어떤 영감이라는 것이 있다면, 바로 그때 제 안에서 일어난 움직임이 그런 것이었습니다. 순간 수천 개의 등불이 제 정신을 눈부시게 밝히는 느낌이었고, 주체 못할 정도로 많은 생생한 생각들이 맹렬한 기세로 한꺼번에 밀려와서 정신을 차릴 수 없었습니다. 머리는 술에 취한 듯 몽롱했고, 가슴은 너무나 두근거려 숨이 막힐 것 같았습니다. 저는 더 이상 숨을 쉴 수가 없어 시골길에 늘어선 나무들 중 어느 한 나무 밑에 쓰러져버렸습니다. 그렇게 30분가량 심한 흥분 상태에 있었는데, 일어나 보니 조끼가 온통 눈물로 젖어 있었습니다.

—게오르크 홀름스텐, 《루소》

이건 젊은 장 자크 루소가 어느 날, 선배 철인인 드니 디드로를 찾아가는 길에 어떤 글을 읽다가 얻게 된 감회를 서술한 것이다. 이 대목에서 우리는 젊은 시절의 어떤 감회나 감정이 이내 자아를 잃을 만큼의 열정으로 발전한다는 것을 알 수 있다. 루소에게도 젊음은 열정이었던 것이다.

이렇듯 젊음은 삶에 부치는 희망으로, 아득한 미래에 부치는 꿈으로, 또 혼자만의 어느 새로운 일로 뜨거운 열정에 휩싸이기도 하지만 그것과 함께 사랑에도 열정을 태운다. 그래서 젊음은 일과 희망과 함께 사랑에 타오르는 가슴의 불길로도 낭만이 된다.

로미오와 줄리엣의 사랑, 죽음도 마다 않은 게 아니라 오히려 청해서 죽음에 든 그 사랑은 열정 없이는 불가능하다. 그것은 절망하고 포기한 끝에 택한 죽음이 아니다. 뜨겁게 타오른 사랑의 열정이 골라낸 것이다. 사랑이 죽음과 하나가 된 것이다. 죽음이 비로소 완성시켜준 사랑이 거기 불타고 있다. 인간의 감정 중에서 가장 뜨거운 것이 사랑과 더불어서 타오르게 된다는 그 진실을 젊음의 낭만은 일러주고 있다.

이처럼 상상에 바치는 동경, 그래서 내딛는 모험의 길, 그래서 피할 수 없는 방황 그리고 열정으로 젊음의 낭만은 꽃피는 것인데도 거기 눈물이 어리곤 한다. 다정다감, 그것은 젊음의 장기이다. 젊음이 젊음일 수 있는 특징이다. 해질녘 바람에 휘날리는 꽃을 보고만 젊음은 눈물짓는 게 아니다. 아침녘 영롱한 이슬의 구슬방울을 받아서 피어나는 꽃을 보고도 눈가에 저도 모르게 이슬이 맺히는 것이 바로 젊음이다. 젊음은 눈물 어린 열정이고 또 낭만이다.

둘

인생은 단거리 경주가 아니다. 아니, 모든 종류의 경주를 인생에 견줄 수는 없다. 인생에는 앞으로 나아갈 코스가 정해져 있지 않기 때문이다. 자꾸만 꼬부랑거리고, 고비에 또 고비가 겹친다. 고비마다 앞이 안 보인다. 그러기에 한마디로 하면 우여곡절迂餘曲折, 그것이 인생행로이다. 인생은 그래서 미지수이다. 불가지不可知, 미리는 알 수 없는 것이다.

길의 끝에는 마을, 그리고 또 다른 마을로 이어지는 길. 그렇다고 이것, 저것 고르는 일은 하지 마라. 이것도 저것도 번갈아 찾아든다.

눈길을 제한하는 산의 덩치는 그대의 시선을 억누르고 막는데, 드넓은 들은 그걸 풀어 놓아준다. 바위나 단층을 뛰어넘기를 사랑해야 해. 하지만 다리가 찰싹 달라붙는 돌바닥은 조심해서 걸어야 할걸.

소리로 지친 피로는 침묵으로 다스리고, 침묵에 넌더리가 나면 소리로 돌아가라. 혼자여야 한다. 만일 외로움에 마음 굳히게 되면 더러는 군중 무리 속에 흘러들어도 좋다.

안주할 땅을 골라내는 짓은 삼가야 한다. 계속되는 것의 미덕을 믿으면 안 돼. 밋밋함을 드센 향신료로 부셔야 하나니.

그래서는 정지도 헛디딤도 없고, 잡아끌 줄도 없고, 마구간도 없고, 의지할 데도 또는 마음의 괴로움도 없이 벗이여, 그대는 도달할 것이다. 그건 불멸의 기쁨의 늪이 아니다.

다양함의 큰 강물 속 소용돌이 한가운데에.

우리에게 별로 알려지지 않은 프랑스 시인 빅토르 세갈랑의 〈착한 나그네에게 주는 조언〉이란 작품이다. 거의 한 세기 전에 활약한 이 시인은 군의관으로 일하면서 동양 문화에 심취하여 그 방면의 작품도 남겼다.

그는 좋은 나그네는 혼자라야 한다고 말한다. 그런데 혼자 가는 길은 얽히고 막히고 장애도 득실댄다. 그러니 편히 묵을 땅을 고르지 말고, 무엇이든 일정한 상태로 지탱되는 것은 탐하지 말라고 충고하고 있다. 뿐만 아니다. 머물 데도 없을, 기댈 데도 없을 길 가기의 궁극은, 그 종말은 '다양함의 큰 강물 속 소용돌이'라고 끝을 맺고 있다.

이것이 착한 나그네에게 주는 도움말이라니! 정말이지 말도 안 된다. 차라리 나그네에 대한 저주요, 악담이다. 나그네가 헤매다, 헤매다 드디어 망하는 꼴을 보자고 드는 격이다. 적어도 상식적으로는 그렇다.

하지만 뻔한 길, 판에 박은 듯한 길을 가서는 '착한 나그네'가 되지 못한다고 시인은 우기고 있다. 그렇게 충고하고 조언한다. 고난과 신고 끝에 헤어날 수 없는 무서운 심연에 빠지는 것이 종극의 목적인 듯이 길을 가야만 '착한 나그네'라고 시는 말하고 있다.

그런데 세갈랑의 이 조언은 오늘날 우리 사회에는 통할 것

같지 않다. 아니, 무슨 헛소리냐고, 무슨 망언이냐고 욕먹기
알맞은 것 같다.

무슨, 무슨 시험을 쳐서 뭐가 되어라!
이것, 저것 공부하고 익혀서 이렁저렁 자격증을 따라!
이런저런 대학에 가서는 무슨, 무슨 시험에 붙어라!
이렇고 저렇고 한 학과에 입학해서는 그런저런 직장에 취직
하라!

오늘날 젊은이들은 이렇게 살도록, 그렇게 인생길을 가도록
강요당하고 있다. 부모가 그걸 요구하고, 사회가 그걸 강제한
다. 심지어 교육마저도 그러고 있다. 그래서 결국에는 개인차
나 독자적인 개성이 없는 획일화된 인간들이 양산되고 있다.
그들을 '복제 인간', '카피 인간'이라고 불러도 크게 틀리지 않
을 것이다.

그런 판국에 눈을 가리고는 산을 넘고 절벽을 타고, 이어지
다가 말다가 하는 길을 지쳐서 주눅 들어서 가라면 누가 따르
겠는가? 어림도 없다. 하물며 그 험난한 길의 목적지가 '다양
함의 큰 강물 속 소용돌이'라니!

"미친 소리 하지 마! 정신 나갔니?"

이렇게 대들고, 삿대질할 것이 뻔하다. 하지만 생각해보자. 좀 넓고 길게 바라보자! 이런 교육과 사회 분위기 아래에서 '창조적 인재'를 구하는 것은 나무에 올라가 물고기를 찾는 것과 다르지 않다.

모든 것은 순간적인 것, 지나가는 것이니!

슬픔은 빛나는 구슬이다
그것은 청춘을 사색으로 이끈다

삶이 그대를 속일지라도

_알렉산데르 푸슈킨

삶이 그대를 속일지라도
슬퍼하거나 노하지 말라
슬픈 날엔 참고 견디라
즐거운 날이 오고야 말리니

마음은 미래를 바라느니
현재는 한없이 우울한 것
모든 것 하염없이 사라지나
지나가버린 것 그리움 되리니

삶이 그대를 속일지라도
노하거나 서러워하지 말라
절망의 나날 참고 견디면
기쁨의 날 반드시 찾아오리라

마음은 미래에 살고
현재는 언제나 슬픈 법
모든 것은 한순간 사라지지만
가버린 것은 마음에 소중하리라

삶이 그대를 속일지라도
슬퍼하거나 노하지 말라
우울한 날들을 견디며 믿으라
기쁨의 날이 오리니

마음은 미래에 사는 것
현재는 슬픈 것
모든 것은 순간적인 것, 지나가는 것이니
그리고 지나가는 것은 훗날 소중하게 되리니

삶이 그대를 속일지라도
슬퍼하거나 노하지 말라
설움의 날을 참고 견디면
기쁨의 날이 오고야 말리니

삶의 길에서 운명적으로 마주치는 슬픔, 젊은 날에는 더욱 민감
하게 사무쳐오는 슬픔! 공자의 말씀대로 슬퍼하되, 치명적으로
상하지는 말 일이다. 모든 것은 지나가는 법이니, 사색하고 인내
하고 다스리면서 안으로 성숙해질 일이다.

하나

젊음은 유달리 슬픔에 민감하다. 어느 나이보다도 다정다감하기 때문이다. 꽃이 피면 피는 대로, 꽃잎이 날면 나는 대로 정감이 깊어지고 그래서는 슬픔에, 감상에 젖게 된다. 젊은이에게 서러운 눈물, 그것은 꽃망울에 어린 신 새벽의 이슬 같은 것이다.

《젊은 베르테르의 슬픔》을 썼을 때 괴테는 젊음이 곧 슬픔이라고 여기고 있었을지도 모른다. 그렇다. 참 묘한 일이다. 젊음이 한창일수록 슬픔에 기운다. 젊음은 '센티멘털리즘sentimentalism의 시절'이다. 감상에 겹지 않고 슬픔에 젖지 않는 젊음은 있을 것 같지 않다. 젊은이 누구나 그 자화상에서는 눈물 어린 눈망울이 돋보일 것이다. 눈물 그렁그렁한 얼굴, 그것이 젊음의 초상화이다.

모란이 피기까지는
나는 아직 나의 봄을 기다리고 있을 테요
모란이 뚝뚝 떨어져 버린 날,
나는 비로소 봄을 여읜 설움에 잠길 테요

오월 어느 날, 그 하루 무덥던 날

떨어져 누운 꽃잎마저 시들어 버리고는

천지에 모란은 자취도 없어지고,

뻗쳐 오르던 내 보람 서운케 무너졌느니

모란이 지고 말면 그뿐, 내 한 해는 다 가고 말아,

삼백예순 날 하냥 섭섭해 우옵내다

모란이 피기까지는

나는 아직 기다리고 있을 테요,

찬란한 슬픔의 봄을

─〈모란이 피기까지는〉

사람들 입에 자주 오르내리는 이 시에서 김영랑은 '찬란한 슬픔'이란 색다른 표현을 하고 있다. 상식적으로 따지자면 찬란하면 슬프지 말고 슬프면 찬란할 수가 없다. 찬란과 슬픔은 공존할 수가 없다. 그런데도 굳이 시인은 서로 모순되는 두 말을 하나로 짝지어서 '찬란한 슬픔'이라고 읊고 있다.

이건 명백한 모순어법이고 아이러니이다. 역설逆說이기도 하다. 그렇게 김영랑의 모란꽃 피는 봄은 찬란해서 슬프다. 찬란할수록, 아름다울수록 그의 슬픔은 더한층 커진다. 그가 보는 정경은 슬플수록 더욱더 찬란하다.

시인은 자연의 봄, 절기의 봄은 찬란해서 슬프다고 했다. 그렇다면 인생의 봄인 청춘 또한 슬퍼서 찬란하고, 찬란해서 슬플 것이다. 슬픔은 젊음의 표정이 되고 징표가 된다.

시인이 《영랑시집》(시문학사, 1935년)의 맨 앞 들머리에 영국 시인 존 키츠의 "A thing of beauty is a joy forever"라는 시구절을 원문 그대로 옮겨놓은 것이 눈길을 끈다. '아름다움이란 것은 영원한 환희'라는 시구절을 시집 맨 앞에 실어놓은 것과 '찬란한 슬픔'이라고 노래하는 것은 언뜻 보면 서로 잘 맞물리지 않을 것이다. 그러나 추상적인 이론으로야 어떻든 간에 시인 김영랑에게 아름다움은 기쁨이자 슬픔이었음을 우리는 알게 된다.

이 시에는 슬픔과 한 동아리가 될 수 있을, 또 다른 낱말이 보인다. 그것은 바로 "모란이 뚝뚝 떨어져 버린 날/나는 비로소 봄을 여읜 설움에 잠길 테요" 속의 설움이다. 이 설움이란 낱말을 시인은 즐겨 쓰고 있다.

　　"서럽고 외롭고 여읜 이 몸은"
　　"너는 넓은 세상에 설움을 피로 새기러 오고"
　　"내 아니 울어도 이 세상 서럽고 쓰린 것을"
　　"이 몸이 서러운 줄 어떻게야 아시련만"

"문풍지 설움에 몸이 저리어/내리는 함박눈 가슴 헤어져"

"고요한 바다 위로 노래가 떠간다/설움도 부끄러워 노래가 노래가"

"내 청춘의 어느 날 서러운 손짓이여"

"서러운 소리 한 천 마디 썼으면 싶어라"

시인은 1에서 53까지 모두 53편으로, 차례로 제목 없이 번호만 붙인 작품들 가운데 '설움', 또는 '서럽다'란 낱말을 여덟 번이나 쓰고 있다. "그 구름 사라진다 서럽지는 않으나"까지 합하면 아홉 번 노래되고 있는 셈이다. 요컨대 김영랑의 시는 '서러움의 시'이다. 크게 보아서 서러움과 한 동아리라고 해도 좋을 낱말들, 예컨대 애달픔, 애틋함, 수심, 안쓰러움, 눈물, 한恨 등이 그의 시에서 즐겨 노래되는 것까지 고려하면 김영랑의 작품이 '서러움의 시'라는 사실이 한층 두드러지게 드러난다.

김영랑은 말할 것도 없이 이 땅의 대표적인 서정시인이다. 그러기에 그의 서정성을 소상하게 들여다보는 것이 그의 서러움의 시학을 이해하는 데도 도움이 될 것이다.

김영랑의 서정성을 세 가지 범주로 나누어서 살피고 싶다. 첫째는 흙냄새이다. 토속성土俗性 또는 향토성이다. 그의 시는 호남인들만이 아니고 한국인이면 누구든 귀향의 길에 오르게 해준다. 그 소재며 주제, 말투며 분위기에 풀냄새와 흙냄새가 물씬하다. 독자를 얼큰하게 취하게 한다.

> 호르 호르르 호르르르 가을 아침
> 취여진 청명을 마시고 거닐면
> 수풀이 호르르 벌레가 호르르르
> 청명은 내 머릿속 가슴 속을 젖어들어
> 발끝 손끝으로 새어나가나니
>
> (…)
>
> 온 소리의 앞소리요
> 온 빛깔의 비롯이라
> 이 청명에 포근 축여진 내 마음
> 감각의 낯익은 고향을 찾았노라
> 평생 못 떠날 내 집을 들었노라
> ―〈청명〉에서

청각, 미각에 시각까지 온통 고향에 묻히고 있다. 수풀도, 벌레도 또 공기도 모두 고향의 몫이다.

두 번째로 그의 서정은 노래가 되면서 더 크게 빛나고 있다. 물론 이 경우 그의 시가 고요하고도 정치한 정물화靜物畫를 그려 낸다는 사실도 아울러서 지적해야 할 것이다. 음악성은 회화성 繪畫性과 짝을 짓고는 서정을 합창하고 있다. 묘하게도 '웅얼웅 얼'이 살며시 장단을 치고 '중얼중얼'이 가락을 탄다. 김영랑의 포에지poésie, 곧 시의 세계를 말할 때 이건 매우 중요하다. 그것 은 혼자 뇌이듯 하는 소리가 혼자 읊조리는 노래를 겸하는 것을 의미하고 있다.

굽이진 돌담을 돌아서
달이 흐른다 놀이 흐른다
하이얀 그림자
은실을 즈르르 몰아서
꿈밭에 봄마음 가고 가고 또 간다
―〈꿈밭에 봄마음〉에서

이 작품은 그 전형이다. '돌아서/몰아서'와 같이 행을 달리하 는 두 시행이 각운脚韻을 이루고 있고, '흐른다/흐른다'와 '가고 가고 또 간다'에서는 동일한 소리가 반복되고 있다. 그것이 '즈 르르'와 같은 '오노마토포에이아onomatopoeia', 곧 의태어擬態語

에 겹친 의성어擬聲語의 힘을 빌어서 시의 운율이며 율동을 돋우고 있다.

'노래하는 시'는 김영랑 시의 본태를 이루는 핵심 중 하나이다. 그런 뜻에서 김영랑의 시를 김소월의 시와 견주어도 좋을 것이다.

세 번째로 지적될 김영랑의 서정성은 바로 '서러움의 시정'에서 찾게 된다. 그런데 이 '서러움의 시정'은 앞서 지적한 두 가지의 서정성을 끌어안고 있다. 김영랑 시의 흙냄새도, 노래다움도 모두 이 서러움의 시정 속에 포섭되고 있다. 김영랑에게 시는 서러움이지만 그와 함께 우리는 그의 젊음이 곧 서러움이고 애달픔이고 애처로움이었다는 사실을 지적할 수가 있다. 그의 청춘은 필경 슬픔이었던 셈이다.

이 같은 서러움의 시학은 김영랑 혼자에만 그치지 않는다. 한의 정조情調라고 바꾸어 부를 수도 있을 그의 서러움의 시정신은 김소월의 것이고, 젊은 시절 서정주의 것이자 박목월의 것이기도 했다. 그건 이 땅의 주요 시인들의 시정신 속에 그만큼 서러움과 슬픔이 깊이 사무쳐 있다는 의미이다.

정월 대보름날 달맞이
달맞이 달마중을 가자고!

새라 새 옷은 갈아입고도

가슴엔 묵은 설움 그대로

달맞이 달마중을 가자고

—김소월, 〈달맞이〉

모처럼 새 옷을 갈아입고는 휘영청, 대보름 달맞이를 하는데 하필이면 '묵은 설움 그대로'라고 소월은 노래하고 있다. 이 심정을 영랑 시인의 '찬란한 슬픔'과 맞겨루어도 좋을 것 같다. 이처럼 서러움의 시, 슬픔의 시는 영랑에게서 그렇듯이 모든 시인의 젊디젊은 시절에서 우러난 것이다. 젊은 시정은 서러움과 슬픔의 시정인 셈이다.

이렇듯이 슬픔이며 서러움은 젊음의 것일수록 시정과 어울리게 된다. 그것을 조금 더 강조하면 젊음의 젊음다운 징후, 또는 청춘의 청춘다운 징표가 곧 슬픔이고 서러움이라고 해도 괜찮을 것이다.

그런데 젊으면 젊을수록 슬픔에 저린다는 것은 무엇을 의미할까? 그것은 젊음이 다른 연령층에 비해서 가장 다감다정하다는 의미이다. 사물이며 주변을 대할 때 더 많이 느끼고, 다른 사람이며 인생을 대할 때 더 짙게 감성에 젖는다는 의미이다. 뿐만 아니다. 젊은이 자신의 내면이며 처한 상황, 그리고 다가올 미래를 두고도 감각이 예민하게 깨어 있다는 의미이기도 할 것이다.

그래서 젊은이는 사색하는 인간, 사유하는 존재가 된다. 젊음의 슬픔, 그 감상感傷은 청춘으로 하여금 철인哲人이 되게 한다. '필로조피렌Philosophieren'하게 한다. 생활하는 것이 곧 철학(필로조피Philosophie)하는 일이 되게 한다.

젊음의 눈물은 철학의 구슬이다. 청춘의 슬픔은 삶을 이끄는 길라잡이가 되고, 인생의 내일을 내다보는 레이저빔이 된다.

둘

비극이라고 번역되는 영어 '트래지디tragedy'는 성가신 말이다. 그 말은 한편으로 슬픔, 고통, 비참과 같은 뜻을 지니고 있다. 그러나 다른 한편으로는 장중함이나 엄숙함과 잇닿아 있다. 그래서 '비극적 장엄함'이란 말도 곧잘 쓰인다. 비극의 앞이 눈물과 아픔으로 얼룩져 있다면, 그 뒤는 고고孤高한 기운이 넘쳐흐른다. 심지어 그 뒤에는 아름다움이 어려 있고, 크나큰 감동이 사무쳐 있기도 하다.

그래서 비극의 본성이며 의미를 캘 때 이 두 가지 서로 상반되는 면을 생각해야 한다. 슬픔에 겨워서 눈물짓게 하는 한편으로 옷깃을 여미고 고개를 숙이고는 깊은 사념에 젖게 하는 것이 비극이다. 그러기에 비극을 보고 눈물짓는 것은 엄숙하고 숙연해야 한다.

이것은 비극의 서로 상반되면서도 맞물려 있는 두 가지 속성이다. 비극에서는 이것 말고 또 다른, 서로 상반되는 속성이 지적될 수 있다. 하나는 주인공이 좌절하거나 멸망하거나 죽음을 겪게 된다는 점이고, 다른 하나는 그럼에도 불구하고 주인공이 더없이 고결하거나 강직하다는 사실이다.

인류가 낳은 가장 수준 높은 비극이라고 해도 좋을, 소포클레스의 《오이디푸스 왕》에서 그것을 가장 뚜렷하게 느낄 수 있다. 사람들이 《오이디푸스 왕》이야말로 비극 중의 비극이라고 높이 떠받드는 것도 바로 이 때문이다.

오이디푸스는 저주를 받고 태어난다.

"장차 태어날 아이는 그 아비를 죽이고, 그 어미를 아내로 삼으리라."

이 무지막지하고, 쌍스러운 신탁을 앞세운 채 테베 왕국의 왕자 오이디푸스는 태어난다. 그 아비인 왕은 갓 태어난 젖먹이를 죽이고자 했지만 어미는 아무리 신탁이 무서워도 차마 그럴 수 없었다. 결국 그녀는 양치기를 시켜 왕자를 멀리 내다버리게 했다.

이웃 나라 코린토스에 버려진 젖먹이는 그곳의 왕에게 거두어진다. 그는 코린토스 왕의 친자식과 다를 바 없이 왕자로 성장하게 된다. 그가 왕자가 되는 것은 피하려 애써도 피할 수 없는 숙명이었던 것이다.

청년으로 자란 오이디푸스는 스스로 구한 신탁에서 자신이 아비를 죽이고 어미를 아내로 삼을 것이라는 저주스런 예언을 듣게 된다. 왕과 왕비를 친부모로만 알고 자란 오이디푸스는 그 신탁을 피하기 위해 스스로 왕궁을 버리고 나선다. 그러고는 찾아든 곳이 하필이면 테베 땅이었다.

그는 길을 가다가 우연히 맞닥뜨린 어느 노인을 살해하고 만다. 그게 하필이면 나라의 운세가 기운 것에 스스로 책임을 지고 마부만 딸린 마차를 타고 초라하게 유랑 길에 오른 아버지 왕임을 그가 알 턱이 없었다. 그런 다음 그는 계속 길을 가다가 사람들을 잡아먹던, 저 악명 높은 스핑크스를 퇴치하고, 그 공으로 왕의 자리가 비어 있던 테베 왕국의 왕이 되면서 덩달아 왕비를 아내로 삼게 된다. 그녀가 제 친어미인 것 역시 오이디푸스는 알 턱이 없었다.

이렇게 해서 오이디푸스는 운명의 저주로 친아비를 죽이고 친어미를 아내로 삼게 된 것이다. 그러나 오이디푸스는 그 모든 허물을 자신도 모르는 사이에 저질렀다는 점에 우리는 주목해야 한다.

다행히도 왕국은 얼마 동안 번영을 누린다. 그러나 오래가지는 않았다. 온 나라 안에 염병이 설쳐대고 나라의 운세가 다시 기울고 만다. 오이디푸스 왕은 왕비의 동생인 크레온을 델포이 신전으로 보내 아폴론의 신탁으로 받게 한다. 크레온은 오이디푸스 왕에게는 삼촌이자 처남이다.

델포이를 다녀온 크레온은 "지난번에 죽은 왕, 라이오스의 살인범을 찾아서 처벌하라"는 신탁을 전한다. 오이디푸스 왕은 즉시 예언자 테이레시아스를 불러서 그 살인범이 누구인지 묻는다.

"저더러 대답하라고 하지 마십시오. 제가 입을 열면 왕께서 흉한 일을 당하시고 우리 왕국 역시 변을 당하게 될 테니까요."

예언자는 완강하게 진상을 밝히기를 거부한다. 오이디푸스는 막무가내로 진상을 대라고 호통친다. 왕은 단호하게 또 결연하게 명한다.

"진실을 말하라!"

마지못해 예언자는 소리를 지른다.

"그건 바로 왕이십니다!"

하지만 오이디푸스는 그럴 리가 없다고 단호하게 부정한다.

"이건 왕의 자리를 노리는 크레온의 음모야!"

이에 응하듯이 나타난 왕비 이오카스테는 전후 사정을 이야기한다. 신탁에 따르면 라이오스 왕은 그 아들의 손에 죽게 되어 있었지만 길거리에서 다른 사람에게 우연히 죽음을 당했다는 것, 그리고 태어난 아들은 진작 내다버렸다는 말을 하면서 그녀는 예언자 테이레시아스의 신탁이 빗나갔다고 풀이한다.

하지만 그 이야기를 듣고 라이오스 왕이 길 가던 사람에게 살해되었다는 사실을 알게 된 오이디푸스는 자신이 바로 그 살인범일지도 모른다고 불안에 떨게 된다. 그 아슬아슬한 판국에 공교롭게도 코린토스에서 심부름꾼이 당도한다. 코린토스의 왕이 죽고 그 아들 오이디푸스에게 왕의 자리가 주어졌다는 것이다. 코린토스의 왕을 친아버지로만 알고 있던 오이디푸스는 자신에 대한 신탁이 빗나갔다고 기뻐한다.

하지만 저주는 끝나지 않는다. 코린토스에서 온 심부름꾼이 그 옛날 테베의 양치기에게서 젖먹이 오이디푸스를 넘겨받아 코린토스 왕에게 바친 자가 바로 자기 자신임을 밝히자 오이디푸스 왕은 그 양치기를 데려오라고 명령한다.

왕비 이오카스테는 문득 모든 진상을 알아차리고 오이디푸스에게 양치기를 부르지 말라고 당부한다. 하지만 아들이자 남편인 오이디푸스가 거절하자 저주스런 운명에 농락당한 자기의 목숨을 스스로 끊고자 퇴장한다.

오이디푸스는 마침내 눈앞에 나타난 양치기에게 진실을 말하라고 명한다. 양치기는 떨면서 말한다.

"제게 말을 시키지 마십시오. 제가 입을 열면 왕께서 흉한 변을 당하실 것입니다."

이 말로 자신에게 주어진, 모든 저주의 내용을 알아차렸을 법한데도 오이디푸스는 양치기에게 명한다.

"내가 망해도 좋으니 진실을 말하라!"

양치기 노인은 자기가 그 옛날 왕비 이오카스테에게서 전해 받은 젖먹이가 바로 왕임을 마지못해 고해바친다. 그 옛날 버려진 아이의 발목이 일그러져 있었는데, 그 흉터가 지금도 오이디푸스에게 남겨져 있다는 사실도 지적한다. 오이디푸스란 이름은 그 때문에 붙여진 것이다.

비로소 모든 것을 알게 된 오이디푸스, 아비를 죽이고 어미를 아내로 삼은, 그 흉측한 괴물이 바로 자기 자신임을 알아차린 테베의 왕은 스스로 두 눈을 후벼 파내고는 거지꼴의 방랑자가 되어 왕궁을 떠난다.

서구에서 비극을 다룰 때 4대 비극 작가를 들곤 하는데, 그 가운데 세 명이 그리스 출신이다. 아이스킬로스, 에우리피데스, 소포클레스가 바로 그들이다. 나머지 한 사람은 말하나마나 셰

익스피어이다. 인류 문화사에서 탁월한 위상을 차지하는 그리스가 특별히 내세우는 분야가 바로 비극인 셈이다. 그리스는 다른 문화적인 자랑거리를 다 젖혀놓고 '비극의 왕국'으로서 우쭐할 수 있는 것이다.

그리스는 철학적 진리나 윤리적 선善보다도 예술적인 아름다움을 더 높이 칭송했다. 즉 그들은 진리도, 선도 아름다운 것이라고 여겼음을 의미한다. 진선미眞善美라는, 인류가 추구하던 이념의 정상에서 빛나는 미를 그리스인들은 모든 예술에 걸쳐서 추구했지만 비극에서 더한층 집요하게 추구해 나갔다. 그들은 인간으로서 다다를 수 있는 아름다움의 극치를 바로 비극에서 구한 것이다. 이 점을 우리는 각별히 유념해야 한다.

극작품 《오이디푸스》는 그 같은 그리스 비극의 극치이다. 오이디푸스는 비참하게 운명에 희롱당했다. 스스로 나서서 아비를 죽이고 어미를 아내로 삼은 것은 결코 아니다. 오히려 그는 저주스런 운명을 피하려 했다. 그런데 그의 의지는 거꾸로 운명에 의해서 좌지우지됐다. 그는 저주스런 운명의 희생자일 뿐이다. 그리고 결국 파국, 결정적인 비참한 좌절을 겪게 된다. 너무나 애처롭고 불쌍하다. 그래서 슬프다.

그러나 그는 그 모든 일에 스스로 책임을 지고 나섰다. 적어도 한 나라의 왕으로서 피하고자 했다면 능히 피할 수 있었던 참혹한 결말을 그는 겁내지 않았고 피하려 들지도 않았다. 아니, 오히려 자신의 파멸에 대한 두려움보다는 진실에 대한 갈망이 더 절실했다. 멸망을 걸고 진실 앞에 자신을 내맡긴 것이다. 그래서 슬픔에 겨운 이 비극은 장엄하고 엄숙한 것이다. 그것은 '비장미悲壯美'의 극치이다. 슬픈데도 장엄하다. 아름답기 이를 데 없다.

비록 오이디푸스가 아비를 살해하고 어미를 아내로 삼긴 했지만, 그래서 죄스럽고 비루한 인간이 되긴 했지만 그건 모르고 한 일이다. 스스로 적극적, 능동적으로 책임질 일은 아니다. 그런데도 자진해서 책임을 지고 스스로를 벌주었다. 두 눈알을 후벼 파낸 것은 그 때문인데, 이는 자신의 운명을 미리 보아내지 못한 눈의 책임을 물은 것이다. 그래서 좌절하고 꺾임을 당하는 순간에 오이디푸스는 깔끔했고 고결했다. 아름다웠다. 그것은 비극미의 극치이다.

우리 젊음은 이 같은 비극의 비장미를 동경해야 한다. 청춘이기에, 젊은 나이이기에 전력을 다해서 어떤 꿈에, 또 어떤 일에 희망을 걸게 된다. 자신의 모든 것을 내걸고 소망을 추구하게 된다. 거기 열정을 바치게 된다.

하지만 누구나 또 언제나 성공하라는 보장은 없다. 애쓴 보람이 없어서라기보다 애쓴 것, 바로 그것 때문에 좌절하고 무너질 수도 있다. 하지만 그 추구함이 옳고 바르고 소망스러운 것이어서 끝내 내던지지 않고 온통 겨루고 버티고 추구한 끝에 실패가 오더라도 그것은 비장미에 넘칠 것이다. 그래서 청춘은 스스로 자기의 삶을 비극으로 드높일 것이다. 승화시킬 것이다.

실패나 좌절을 미리 두려워하지 말아야 한다. 소망이, 희망이 그리고 의도가 바람직한 것이라면 좌절을 걸고서라도 감연히 전진해야 한다. 그래서 자신의 인생 역정을 비극으로 올려 세울 수 있어야 한다. 그것이 젊음의 징표이고, 청춘의 꽃이다.

아름다운
마무리를 위해
오늘의 열정을
불태워라!

죽음은 주춧돌이다
그 위에 청춘의 삶이 굳건히 선다

살면서 죽음을 기억하라

_레프 톨스토이

타오르는 촛불이 초를 녹이듯
우리 영혼의 삶은 육체를 스러지게 한다.
육체가 영혼의 불꽃에
완전히 타버리면 죽음이 찾아온다.

삶이 선하다면 죽음 역시 선하다.
죽음이 없다면 삶도 없기 때문이다.

죽음은 우리와 세상, 우리와 시간 사이의
연결을 끊어놓는다.
죽음 앞에서
미래에 대한 질문은 아무런 의미가 없다.

조만간 우리 모두에게
죽음이 찾아오리라는 사실은 누구나 알고 있다.
잠잘 준비, 겨울 날 준비는 하면서

죽을 준비를 하지 않는 까닭은 무엇인가.

올바로 살지 못하며
삶의 법을 깨뜨린 사람만이
죽음을 두려워한다.

죽음에 대해 너무 많이 생각할 필요는 없다.
살면서 죽음을 기억하면 된다.
그렇게 하면 삶은 진지하고 즐거우리라.

만년의 공자는 "이제 그만 쉬고 싶다"고 하소연하는 제자에게
선비의 일이란 관 뚜껑을 덮은 뒤에야 비로소 쉴 수 있는
것이라고 위로했다. 삶과 죽음은 한 몸이다.
삶이 없이는 죽음이 있을 수 없고, 죽음이 없다면
삶도 의미를 잃는다. 사람이 죽음을 맞는 그 순간이야말로
한평생 삶을 총결산하는 시간이다. 한순간, 한순간 충만하게
살아가다 인생의 마무리를 아름답게, 멋지게 수놓을 일이다.

하나

젊음은 죽음과 멀다. 멀어도 아주 멀고 또 멀다. 하지만 그럴수록 젊음은 죽음을 몸 가까이에 두고 생각하기 마련이다. 삶이 가장 치열한 바로 그때, 죽음을 골똘하게 생각하는 것이 곧 젊음이다. 그러기에 죽음의 생각에 사무치는 것은 젊음이 갖는 요긴한 속성이 되기 마련이다.

그런데 죽음, 그게 뭘까?

내 것이 분명한데도 내가 실제로 경험할 수 없는 것, 그래서 내 것이 아닌 것. 그런 죽음이란 뭘까?

내게 왔을 때는 나를 이미 삼키고 있는 그 무엇. 그래서 나를 무無로 돌아가게 하는 것. 그 죽음이란 뭐란 말인가?

나의 마지막, 나의 엄연한 최후인데도, 음악으로 치면 마지막 악장의 코다 같은 것인데도, 소리 없이 사라지는 게 고작인 것. 그 죽음이란 정체가 뭘까?

해 저문 뒤의 어둠인데도, 다음 해돋이도, 새벽도 없는 것. 그 죽음은 뭐라고 해야 하는 걸까?

분명히, 어김없이 어느 날 찾아들 것이 불을 보듯 뻔한데도 끝내 내게는 그 정체를 보이지 않는 것. 그 죽음은 도대체 뭐던가?

물어도 물어도 끝이 없다. 빠져들어도 빠져들어도 바닥이 없는 그 심연 같은 물음, 죽음은 필경 끝까지 의문부호로만 남을 것인가?

"한 번 가면 그만인 인생."
"저승이 멀다더니 대문 앞이 저승일세."
"눈 감으면 끝인 것을!"
"그렇게 가버릴 것을 공연히…."
"마지막 길, 기척도 없이 가버리고!"

모두 흔하게 중얼대고 듣고 하는 말이다. 허무가 안개처럼 서려 있다. 삶의 무의미, 생의 덧없음, 땅이 꺼질 듯한 한숨 소리…. 허탈하다. 맥이 있는 대로 다 삭는다.

하지만 다른 성질의 말이 없지도 않다. 아니, 순간에 후딱! 뒤집어엎는 것인지도 모른다.

"죽자 살자…."
"죽기 살기로…."
"죽으면 죽었지…."
"사생결단을 하고…."

이것들은 또 뭔가? 허무의 독백들 앞에서 난데없이 웬 악지 고 기 쏨일까? 이들 죽음에는 생기가 지글대고 있다. 삶의 악바 리가 곧 죽음이라고 우길 기세이다. 이 돌변은 변덕에 지나지 않는 것일까?

우선 여기에 바로 우리가 죽음을 대하는 두 가지의 서로 상반 된 시각이 있음을 강조해두는 것이 좋겠다. 우리 살아 있는 인 간이 겪는 죽음의 음지와 양지가 거기 있는 것이다. 그것은 젊 음에게도 다를 바가 없다.

그러나 종잡을 수가 없다. 간에 붙었다 쓸개에 붙었다 어쩌자 는 것일까? 해도 해도 너무한다. 그런데 바로 그런 것이 죽음일 지 모른다. 죽음만큼 다양한 수사학을 달고 있는 말도 흔하지 않다. 이 경우에도 또 다른 죽음의 양지와 음지가 있게 된다.

죽음의 수사학이라니!

한국인의 말솜씨, 말재주가 사뭇 죽음에서 살아나고 있다면 과장일까? 죽음을 두고 전형적인 은유에다 은유의 아종亞種인 대유법, 제유법 그러고도 모자라서 우원법迂遠法, 곧 돌려 말하 기나 피해서 말하기까지 동원되고 있다. 어디 그뿐인가? 과장 법도 꽤나 큰 구실을 하고 있다. 그 가운데서도 단연 우원법이 우세하다.

'떠나가다', '돌아가다', '하직하다', '별세하다', '서거하다',

'장서長逝하다', '타계他界하다', '유명을 달리하다'. 모두 둘러 말하기인 동시에 '가는 것'에 기댄 은유법이기도 하다. 그런가 하면 '숨지다', '눈감다', '밥숟갈 놓다', '영면永眠하다' 같은 말은 죽음에 수반되는 여러 생리 현상 가운데 어느 한 부분으로 죽음 전체를 말하고 있다. 바로 제유법을 겸한 우원법이다.

그런가 하면 자주 쓰이는 '세상을 버리다'라는 표현과 함께 거의 같은 뜻의 '기세棄世하다', '하세下世하다' 등도 드물게 쓰이고 있다. 이들은 중도에 무엇인가를 그만두는 행위에 죽음을 빗댄 우원법이다.

'입적入寂하다', '적멸寂滅하다', '성불成佛하다', '왕생하다', '극락 가다' 등은 불교의 가르침에 의지한 '종교적인 우원법'이다. 같은 원리로 설명할 수 있는 기독교적인 우원법으로는 '천당 가다', '주님의 부름을 받다', '안식에 들다' 등이 있을 것이다.

죽음 말고 이토록 많은 우원법을 거느리고 있는 말은 없다. 죽음은 우원법의 천국이다. 죽음이란 낱말과 나란히 인간들이 꿈꾸어온, 사후의 세계 역시 적잖은 우원법을 갖추고 있다.

'저 세상', '딴 세상', '영계靈界', '타계', '극락', '서방정토', '천당'… 이 다양한, 그리고 수다한 우원법은 무엇을 의미하고 있을까? 여기서 죽음에 관한, 살아 있는 우리의 생각을 살펴낼 수 있지 않을까 한다.

첫째로, 우리는 죽음에 대한 공포감이나 불안에서 벗어나고자 한다. 되도록 죽음 자체에서, 또 죽음이란 생각에서조차 멀어져 있고 싶은 것이다. 따돌리고, 모른 척 시치미를 떼려는 것이다. 이런 마음의 움직임은 젊은이라 해서 면할 수 있는 것이 아니다.

여기에는 죽음을 무서운 부정不淨으로 보는 시각도 작용하고 있다. 우리의 민속신앙에서 화근과 재앙이 되는 것이 부정인데, 그 가운데서도 죽음은 가장 큰 부정으로 받아들여져 왔다. 초상이 난 것을 알리고자 남들이 보내온 글을 사립문 안에 들여놓지 않고 문 밖에다 끼어둔 것은 이 때문이다.

둘째는, 첫째에서 크게 방향 전환을 하는 것이다. 이때는 죽음을 미화하거나 더 나아가 성화聖化, 승화昇華된 경지로 올려 세우려는 의식이 작용한다. 구원, 해탈, 해방 같은 관념도 적잖게 몫을 다하고 있을 것이다.

여기에는 죽음이 어둠으로 끝나지 않고 무엇인가 새로운 경지가 열리기를 바라는 마음이 깃들어 있을 것이다. 거기에 새로운 소망을 부치는 마음도 작용하고 있을 것이다.

죽음은 이렇듯 여러 층에 걸쳐서 섣불리 따지고 들기 힘겨운 양면성을 갖추고 있다. 하지만 다음 한마디, 한국인이 즐겨 입에 올리는 한마디는 죽음을 또 달리 생각하게 한다.

"이래 가지고는 죽어서 눈이나 감겠나?"

한국인에게는 '눈 감는 죽음'과 '눈 못 감는 죽음'이라는 별다른 죽음의 범주가 있다. 죽어서도 못 감는 그 눈은, 뭘 보고 있는 것일까?

그 부릅뜬 눈, 생시보다 한결 더 크고 무섭게 부릅뜬 눈은 못다 한 일을 보고 있다. 노려보고 있다. 억울하게, 원통하게, 또는 서럽게 못다 이룬 일을 꼬나보고 있다. 못다 만난 사람, 재회를 못한 사람을 응시하고 있다.

그렇다. 요컨대 무엇인가 '미완未完'을 뚫어져라 바라보고 있다. 그렇다면 결론은 쉬 날 수 있다. '눈 못 감는 죽음'은 미완으로 끝난 삶에 대한 마지막 치열한 집념이다. 완성을 못한 것에 부치는 안타까운 집착이 거기 있을 것이다.

그래서 '죽어서 눈 못 감는다'는 생각은 죽음을 오히려 뜨거운 삶의 동기로 역전시키는 결과를 낳는다. '죽기 전에 다른 것은 몰라도 이것 하나만은 기필코 해내야지'라는 동기로, 또 단서로 죽음이 작용할 수 있을 것이다.

죽음으로 인해 삶의 악착같음이 무섭게 돋보이게 된다. 죽음으로 삶의 의지, 그 결의가 더한층 기를 쓰고 일어선다. 죽음은 누구에게나 삶의 제약이 될 것이다. 그런데 그걸 뒤집어서 삶을 뜨겁게, 집요하게 살아 나가게 할 기틀로 삼을 수도 있을 것이다.

삶의 뜻을 일으켜 세우려는 죽음! 실로 매우 짜다. 삶이 짜다면, 죽음은 짜디짜다. 짜고 또 짜다. 젊은 동안에는 죽음을 아주 멀리 두고 생각하게 된다고 해도 먼 미래의 죽음을 예상한 데서 비롯하는 질긴 삶의 의지, 지금 당장의 매서운 목숨의 의지는 어쩔 수 없는 것 같다.

죽은 이가 눈을 감고 저승길을 편하게 가기 전에 그의 삶이 온전해야 한다. 사람이 살아가는 과정, 그 자취가 죽음의 길닦이를 한다. 죽음을 위한 길잡이가 된다. 이것은 매우 중요한, 우리의 죽음에 부치는 사상이다. 이념이다. 민속신앙이며 전설이며 신화에도 세 대목에 걸쳐서 이야기해온 죽음의 양상이 얼룩져 있다. 아로새겨져 있다.

둘

나무 둥지 아니면 굵은 가지에
누에고치 같은 것.

너 다시 다른 몸 얻어서 태어나라고.

부모가 돌아가시면 선산에 묻고, 자식이 죽으면 부모 가슴에 묻는다고들 일러왔다. 무슨 뜻일까? 그토록 아프다는 얘기, 가슴 저리게, 애가 끊이게 아리고 쓰리고 아프다는 얘기라는 것은 누구나 알 만하다.

어미 가슴은 부모보다 먼저 이승을 하직한 자식이 묻힐 무덤이다. 그것은 살아서는 '젖가슴'이었다. 그런데 참 묘하게도 '젖무덤'이란 말을 유방과 같은 뜻으로 써오지 않았던가! 자식을 저승길 앞세워서 보낼 것을 미리 내다보기라도 한 것일까? 설마?

가슴에 묻으면 죽은 자식을 평생 그 속에 지니고 함께 살아가게 된다. 그것이 바로 '자식이 죽으면 어미 가슴에 묻는다'는 말의 뜻이다. 바로 그런 것이 모정이다. 죽음도 감히 넘보지 못할 것이 어미의 정이다. 자식의 영혼을 가슴에 묻은 어미라면, 자식의 육신이라고 함부로 처치하지는 않을 것이다. 어미 가슴, 어미 품 같은 무덤을 제 자식의 육신을 위해 정성껏 마련했을 것이다.

이른바 '애기 무덤'이 모두 그런 것은 아니지만 모정이 알뜰하게 지어올린 애기 무덤이 있다. 이름 지어서 '번데기 무덤'이라고 할까? 그런 특별한 무덤이 있다. 나무줄기의 윗부분 또는 굵다란 가지에다 매단 그 무덤!

나비 유충이 성충이 되기 위해서 살그머니 깃들어 있는 집이 곧 '번데기'이다. 그 까칠까칠한 껍데기 안에는 소리 없이, 움직임 없이 유충이 숨쉬고 있을 것이다. 겨울 내내 그렇게 매달려 있다가 봄이 오면 마침내 표피를 벗어던지고 성충 나비가 훨훨 날아오른다. 그것은 제2의 부화이다. 부활이다.

아주 멀지는 않은 어느 옛날, 아주 외딴 그리고 깊은 산골에 화전민 가족이 살고 있었다.

늦게 둔 사내아이가 두 돌도 채 못 넘기고 죽었다. 철은 늦가을이었다. 애지중지 키우던 어린 아들을 여읜 젊은 어머니는 천지가 무너지는 듯했다. 남편과 함께 그 작은 몸을 거죽에다 말았다. 꽁꽁 쌌다. 마치 옷이라도 갈아입히듯이….

업고는 집을 나섰다. 양지 바른 마루턱의 큰 나무를 골랐다. 정정한 거목, 노송을 찾아냈다. 짙푸른 소나무는 싱싱한, 죽음을 모르는 목숨이려니 애기의 아버지와 어머니는 생각했다.

"저만 하면 우리 아기를 맡길 수 있을 거야!"

누가 먼저랄 것도 없이, 입을 맞춘 듯이 둘은 말했다.

애기 무덤 자리로서는 명당 중의 명당이었다. 그 나무 중에도 굵고 실한 줄기를 점찍었다. 아내에게서 아기를 건네받아서 등에 지고는 그 높은 곳으로 남편이 기어올랐다. 잔가지로 둘러싸여서 아늑한 곳을 골랐다. 그 자체로도 웬만한 둥지 같아 보였다.

"거기가 좋네요."

아내가 밑에서 소리쳤다.

남편은 거기다 바로 아기를 매달았다. 칭칭 옭아매서 좀처럼 바람 따위로 떨어지지 않게 꽁꽁 동여매었다. 그건 영락없는 번데기 모양이었다. 좀 크긴 하지만 맵시를 제대로 갖춘 번데기로 보였다.

드디어 아기 무덤, 번데기 무덤이 완성되었다. 나무 밑으로 내려온 남편을 끌어안고 아내는 흐느꼈다. 한참을 두고 흐느낌은 잔잔히 골짜기에 번져갔다. 남편이 몇 번이고 아내의 등을 다독였다.

겨우 몸을 가눈 아내는 나무 밑동, 뿌리 근처에 소금을 뿌렸다. 그러고는 두 손을 모았다. 기구祈求하고 축수했다. 나무줄기를 부여안고는 애기에게 타일렀다.

"잘 자거라! 아가야! 겨울이 가고 봄이 오거든 번데기 아가야, 허물 벗고 훨훨 날아오르렴. 한 마리 큰 나비, 아름다운 꽃나비가 되어서 날개 쳐 날아올라라. 그러고는 네 옛 집으로 이 어미를 찾아와다오!"

겨울이 가고 봄이 왔다. 부부가 사는 오두막집 뜰에 매화가 피었다. 부부는 지금껏 단 한 번도 본 적이 없는 예쁘고 커다란 나비가 내려앉는 걸 보았다. 그 나비는 봄이 다 가도록 그 집 매화나무를 떠나지 않았다.

전설은 이렇게 끝이 난다. 그런데 어느 어머니나 모두 그랬던 것은 아니다. 산간벽지의 화전민 어머니, 아니면 외딴섬의 어머니들이 주로 그랬다. 남보다 갑절 쓸쓸했을 그 목숨살이, 어느 누구보다도 허전했을 그 인생살이! 그러기에 죽음을 넘어서는 애틋함이 번데기로 모양 지어졌을 것이다.

자식에 대한 그리움으로 가득 차 있는 어머니의 가슴! 그건 얼음처럼 싸늘할까? 아니면 불덩이처럼 뜨거울까? 어느 한쪽만은 아닐 것이다. 번갈아가며 그때그때 달라지기도 할 것이다. 번데기 무덤은 그래서인지 모양새가 어머니의 젖가슴을 닮았다고도 일러져왔다. 사람이 누린 무덤 가운데 이만한 무덤은 따로 없을 것이다.

어머니의 젖가슴으로 상징될 무덤, 그런 것은 흔할 리가 없다. 번데기 무덤을 지어준 어머니는 밤마다 꿈을 꿀 것이다. 자신의 가슴에 기대고는 잠들어 있는 아기의 꿈을.

죽음이 끝이 아니라면,

마무리고 갈무리라면,

죽음이라야 비로소 완결 짓는 게 있다면….

애기 무덤의 전설은 이 같은 생각을 하게 한다. 그러다 보니 쉽지 않은 것, 그것이 바로 죽음이다. 어쩌면 사는 것보다 훨씬 힘겨운 것이 죽음일지도 모른다. 아니면 살기가 어렵듯이 죽음 또한 어렵다고 할 수도 있을 것 같다.

쉽게 살면 죽음도 싱거워진다. 생이 치열하거나 고난에 부딪친 그만큼 죽음은 무거워진다. 누구든 삶의 의미를 채워낸 꼭 그만큼 죽음도 뜻 깊을 것이다. 그러면서 죽음은 육중한 것이 된다. 태산 같은 것이 된다.

셋

그다지 오래된 이야기는 아니다. 농촌이라면 누구나의 이웃이 될 그런 사람의 이야기이다.

그는 무척 가난했다. 헐벗고 굶주리고 그렇게 저렇게 목숨을 부지했다.

"죽지 못해 산다."

"모진 게 목숨이라!"

그런 넋두리가 한숨만큼 자주 자주 내뱉어지는 초로草露 같은 인생이었다.

늘그막에 간신히 얻은 외동딸이 병이 들었다. 남들 같으면 처녀 티가 한창 들 그런 나이가 무색했다. 그렇게 딸은 날로 수척해갔다. 하지만 의원에게 데려갈 처지는 아니었다. 변변한 약 한 첩을 지어다 먹일 형편도 못 되었다. 그저 좋다는 풀이나 뜯고 뿌리나 캐다가 달여 먹이는 것이 고작이었다.

그럭저럭 한 달쯤 지나갔다. 어느 해질녘, 딸아이는 숨져가는 기색이 역력했다. 딸은 어머니의 쭈그렁바가지 같은 손을 그 야윈 손으로 꼭 잡았다. 아니, 꼭 잡는다는 속내가 전해져왔을 뿐이다. 그러면서 띄엄띄엄, 그러나 다짐을 두듯이 입을 열었다.

"엄마, 나 죽으면 녹의홍상 입혀서 양지바른 데 묻어줘!"

녹의홍상! 노랑 저고리, 붉은 치마!

그것은 신부 차림이다. 결혼하고 싶다는 뜻이었을까? 아닐지도 모른다. 이웃 언니들이 신부가 되어서 입고 나선 것이 하도 부러워서 저도 언젠가 때가 되면 그런 차림새를 갖추어보겠노라고 마음먹었던 것일 게다.

하지만 아무리 부모라도 그 '죽음의 꿈'을 무슨 재주로 이루어 주랴? 명절이 되어도 겨우 걸레를 면한 옷밖엔 못 입힌 주제인 데 말이다.

평소에 입던 허름한 옷을 껴입혀서 저승길을 가게 했다. 남의 집 머슴에게 부탁해서 지게에 실었다. 남들 보기 흉할까 봐 가마니로 덮었다.

무덤 자리도 마을의 공동묘지가 아니었다. 오래 묵은 관습 때문에 거기 데려갈 수는 없었다. 먼 곳, 산비탈 응달진, 궁벽한 곳을 골라서 해가 질 때야 겨우 갖다 묻었다. 처녀 귀신, 곧 '손 각시'는 원한 품은 원귀 가운데서도 가장 무서운 귀신으로 두려워들 했다. 처녀 귀신은 철저하게 격리당해야 했다.

묻는다는 것도 말뿐, 땅을 조금 깊게 파서 버리다시피 했다. 그나마 거꾸로 묻었다. 얼굴이 흙바닥을 보게 엎어서 눕혔다. 흙을 덮고는 그 위를 바위로 눌렀다. 세상을 보지 말라는 것이다. 처녀 귀신, 그 원한에 서린 무서운 귀신이 바깥세상을 보지 못하게 막은 것이다. 혹 굼틀대다가 나올지도 모르니, 그런 흉측한 일이 없도록 바위로 누른 것이다.

이웃집 머슴은 그렇게 '처녀 무덤'을 만들고는 내빼다시피 산을 내려왔다.

어머니 되는 사람은 죽은 딸아이, 가엾은 딸자식이 마음에 걸렸다. 한 달이 지나고 두 달, 석 달이 지나도 사무침이 덜하기는커녕 날로 짙어만 갔다.

'약 한 첩 제대로 못 먹이다니!'

녹의홍상이 늘 눈에 어릿거렸다. 그것이 모두 병이 되었다. 증세는 하루가 다르게 나빠져갔다. 특별히 아픈 데가 없는데도 눈이 가물가물하고, 온몸에서 시름시름 기력이 빠져나갔다. 입맛을 놓았다. 물 몇 모금 그걸로 겨우 버티는 지경이 되었다. 입을 닫고 말이라곤 입에 올리지 않았다. 다만 밤이면 심하게 헛소리를 해댔다.

"녹의홍상, 녹의홍상…."

이를 보다 못한 이웃 사람이 무당을 불러왔다. 무당은 귀신이 씌었다고 했다. 굿을 했다. 죽은 듯이 웅크리고 앉았던 환자가 문득 입을 열었다.

"엄마, 엄마, 불쌍한 우리 어머니, 내 넋이라도 받으셔요. 그걸로 점이라도 치고 남들 굿이라도 해주셔요. 하루 세끼 나물죽이나마 잡숫고 조금은 살기 편하시기 바랍니다. 불효한 딸자식 소원 밉다 말고 이루어주셔요."

그 자리에서 무당은 내림굿을 해서 딸의 간절한 넋이 어미 몸에 내리게 했다.

애절한 이야기는 이것이 끝이다. 딸의 넋이 씌운 어머니는 그 뒤, 근처 고을에서 제법 용한 무당으로 통하게 되었다. 그래서 딸이 어머니에게 바치는 사랑은 죽어서 오히려 더 알뜰하게 보람을 거둔 것이다. 그 때문인지 딸을 억누르고 있는 바위에도 파란 이끼가 곱게 곱게 끼더라고 이웃 사람들은 전해주고 있다.

처연하다. 하지만 무당의 내력으로는 정해놓다시피 한 사연이다. 서럽고 애달픈 이야기이다. 딸의 넋은 그 죽음을 못다 한 효성의 꽃으로 피어나게 했다. 살아서 못다 한 일, 살아 있는 동안 미처 못 이룬 꿈! 아니, 살아서는 가망도 없는 꿈을 죽어서 비로소 이룩한 딸의 이야기이다.

죽음은 단지 소멸이 아니다. 끝도 아니다. 미완의 삶을 억척스럽게 완성해주는 것이 바로 죽음일 수도 있음을 이 이야기는 일러주고 있다. 이 이야기의 상징성에서 가장 크게 내세울 것이 바로 여기 있다. 죽음에다 못다 한 삶의 마무리라는 상징성을 부여한 것, 바로 그것이다.

삶은 죽음의 예비일 수도 있는 것,
준비일 수도 있는 것,
그 삶이라야 빚어낼 죽음은 그래서 있을 것이니.

그런데 옛 사람들은 우리 영혼의 정기가 죽음을 맞아서 비로소 빛을 발하게 된다는 믿음을 간직하고 있었다.

어느 마을, 어느 집에 오래 앓아누운 사람이 있었다. 드디어 누구 눈에나 그의 죽음이 다가온 듯이 보였다. 그 와중에 그 아들이 병구완을 하다 말고 뜰로 나섰다. 바깥은 어느새 어두워져 있었다. 아들은 지붕 위로 별을 올려다보았다.
그런데 이게 뭔가? 지붕을 뚫고는 작은 불덩이가 솟아올랐다.
"앗! 불이야."
놀라 소리치는데 그것이 아니었다. 봉홧불 같은 불덩이가 하늘로 떠올랐지만 짚으로 엮은 지붕에는 불기 하나 없었다.
"아! 저게, 저게?"
불길의 움직임대로 눈길이 따라갔다. 불덩이는 지붕 위를 아쉬운 듯이 맴돌았다. 그러고는 뜰을 한 바퀴, 두 바퀴, 세 바퀴 도는 것이 아닌가! 귀신불 같았다. 도깨비불인가도 싶었다. 돌아치던 불덩이는, 결심이나 한 듯이 문득 하늘로 치솟았다. 그러고는 멀리 사라져갔다.

이 불을 우리는 예부터. '혼불'이라고 불러왔다. 이청준의 소설《석화촌》에서 번쩍이고 있고, 최명희의 장편소설《혼불》에서는 그 제목이자 마지막 주제 노릇을 맡고 있다.

이렇듯이 사람들은 죽음을 여러 모로 긍정적으로, 또 보람된 것으로 보려 했다. 걸작 소설의 장려한 대단원처럼 그들의 삶이 죽음을 맞게 되기를 소망해왔다. 교향곡 넷째 악장의 장엄한 코다 같기를 바라온 것이다.

그 같은 몇 가지 긍정적인 시각 중에도 젊음을 위한 것으로 세 가지 정도를 특별히 내세우고 싶다. 그래서 젊음이 더한층 젊은 기운에 넘치기를 바라고 싶다.

첫째는, 죽음이 삶의 경영을 위한 최후의, 둘도 없을 기회가 되어야 한다는 것이다.

그다음으로는 죽음을 육상 경주의 골라인처럼 대하자는 것이다. 그러면 죽음이 우리 삶의 정력에, 또 열정에 불을 붙일 것이다. 이것이 바로 젊은 세대가 긍정적으로 받아들여야 할 죽음의 두 번째 모습이다. 이렇게 죽음이 들어서 우리 젊은 삶을 더한층 치열하게 살게 할 것이다. 그러면 죽음이 삶을 위한 활력소가 될 것이다.

이렇게 죽음의 긍정적인, 그래서 적극적인 면모가 살려지면, 죽음은 마침내 삶을 위한 주춧돌 구실을 할 것이다. 이것이 바로 젊음을 위한 죽음의 세 번째 긍정적인 양태이다.

거의 온 평생을 시에 바친 릴케에게 죽음은 삶의 부정이 아니

라 긍정이었다. 그래서 그는 죽음을 삶을 위한 주춧돌에 견줄
수 있었다. 이 세 가지 죽음의 모습을 명심하고 삶을 이끌어간
다면 젊음에게 죽음은 미래가 되고 희망이 될 것이다.

그것이 내 삶의 모든 것을 바꾸었다!

결단은 달콤한 입맞춤이다
열정과 집념이 그것을 지속시킨다

가지 않은 길 _로버트 프로스트

노란 숲 속에 길이 두 갈래로 있었습니다.
나는 두 길을 다 가지 못하는 것을 안타깝게 생각하면서,
오랫동안 서서 한 길이 굽어 꺾인 데까지,
바라다볼 수 있는 데까지 멀리 바라다보았습니다.

그리고 똑같이 아름다운 다른 길을 택했습니다.
그 길에는 풀이 더 있고 사람이 걸은 자취가 적어,
아마 더 걸어야 될 길이라고 나는 생각했던 게지요.
그 길을 걸으므로, 그 길도 거의 같아질 것이지만.

그날 아침 두 길에는
낙엽을 밟은 자취는 없었습니다.
아, 나는 다음 날을 위하여 한 길은 남겨두었습니다.
길은 길에 연하여 끝없으므로
내가 다시 돌아올 것을 의심하면서…

훗날에 훗날에 나는 어디선가
한숨을 쉬며 이야기할 것입니다.
숲 속에 두 갈래 길이 있었다고.
나는 사람이 적게 간 길을 택하였다고,
그리고 그것 때문에 모든 것이 달라졌다고.

인생의 길은 길고도 멀다.
고령화 사회에 접어들면서 더욱 길어졌다.
남들이 다 가는 상식적인 길을 택해서 너무 일찍 안정되기를
바라지는 말 일이다. 지금의 사회에서는 그것이 오히려
인생 전체를 불안정으로 이끌기 때문이다.
오늘의 젊음에는 새로운 길을 개척하려는 도전 정신과
결단력이 더욱 긴요하다. 도전과 실수를 반복해 본 사람만이
근본적인 실패에 빠지지 않는 법이다.

하나

프로스트의 〈가지 않은 길〉을 떠올려보자. 단풍 진 황색의 숲을 혼자서 걷다가 시인은 두 가닥의 길을 만난다. 어디로 갈까? 이럴까 저럴까 멈칫거리다가 어느 한쪽을 택한다. 필경 둘 다 사람들이 밟고 지나다니다가 비슷한 모양새를 갖추게 되겠지만 지금은 사람들의 발자국이 덜 나고 풀잎들이 덜 닳아 있는 길을 고른다. 그쪽으로 마음을 굳힌다.

바로 이 선택에서 프로스트는 보통 사람들과는 달라진다. 오로지 혼자만의 것은 아닐지라도 적어도 그다운 선택을 한다. 그리고 그 선택이 매우 중요하다는 것을 느낀다. "그것 때문에 모든 것이 달라졌다"고 훗날 되돌아보게 될 테니까.

시인은 차이를, 달라짐을 택하고 있다. 그의 생애를 살펴보아도 아주 일찍부터 그랬다. 하지만 그가 택한 길은 다르기만 한 것은 아니다. 그로서는 바른 인생의 길이고, 옳은 삶의 길이다. 스스로 택할 수 있는 그 자신만의 길이기도 한 것이다.

실제로 프로스트는 그 자신만의 것이라고 해도 좋을 만한 인생의 길을 걸었다. 남들과는 다른 길, 다른 사람이 거의 간 적이 없는 길, 좀 과장하면 '전인미답前人未踏'의 길, 이를테면 앞선

사람 어느 누구도 밟은 적이 없는 길을 밟아 나갔다. 그래서 프로스트는 프로스트답게 달라진 것이다.

우리는 살다 보면 무엇인가 어느 하나를 택하게 되어 있다. 양단간에 하나를 골라잡게 되어 있다. 북유럽의 철인 쇠렌 오뷔에 키르케고르처럼 말하면 "이것이냐 저것이냐 그것이 문제로다"라고 말할 수밖에 없는 선택을 우리는 살아가는 과정에서 피치 못하게 하게 되어 있다.

우리는 살아가다가 갈래 길을 만난다. 두 갈래, 세 갈래, 네 갈래뿐만 아니라 심지어 다섯 갈래 길도 만나는 수가 있다. 어느 가닥을 택할까? 지팡이를 짚고 있다면 잡은 손을 놓고 지팡이가 넘어지는 쪽을 택할 수도 있다. 아니면 왼손바닥에 침을 뱉은 다음 검지로 쳐서 침이 날아가는 방향에 따라 길을 택할 수도 있다. 그렇게 고른 길에 따라 이생이 갈라지고 미래가 달라지는 것이 인생이다. 인생은 필경 갈림길이다. 갈림길의 선택, 그것이 인생이기도 하다.

젊은 나이의 중도에서 어느 날 문득 지금껏 잘 누려온 길, 수입도 좋고 전망도 밝고 남들이 부러워할 만한, 잘 나가던 길을 홀연히 버리고 새로운 길을 택한, 한 여성이 신문 지면을 아름답게 꾸민 적이 있다. 〈중앙일보〉 2009년 10월 5일자에 소개된 그녀의 이름은 김수진, 당시 나이는 29세였다. 2×9는 18, 파르란 청춘이다.

"원하는 일이 뭔지 명확히 깨닫고 용기를 낸 후부터 일이 잘 풀렸어요. 남들에게 보기 좋은 게 아니라 제 마음이 진정 원하는 걸 찾았더니 쉽게 행복해지더군요."

그녀의 이 짧은 한마디는 새로운 선택과 결단이 우리들 삶에서 어떤 구실을 도맡아내는가를 웅변하고 있다. 그렇다고 묵은 것이 나쁘다는 이야기가 아니다. 누구에게나 괜찮을 만한 일을 어느 순간 내던지고는 어쩌면 수입이나 세평이 이전만 못한 일을 골라잡고도 거기에 열정을 쏟다니? 이건 쉬운 일이 아니다.

진실로 내 것일 수 있는 일, 하늘이 내린 듯이, 운명이 정해준 듯이 나의 몫일 수 있는 일을 새로이 골라잡다니! 내게 주어진 운명을 긍정하며 "좋아, 잘 와주었어!" 하고 뜨겁게 손잡을 수 있는 새로운 선택을 해내다니!

그것은 천복天福이다.

김수진의 발언은 그렇게 울림하고 있다. 메아리치고 있다. 위대한 전기, 엄청난 전환의 동기가 새로운 삶의 지평을 열어 보인 것이다.

그녀는 재미교포이다. 우리에게도 잘 알려진 캘리포니아의 명문대학 UCLA에서 경제학을 전공한 그녀는 졸업과 동시에 투자 관리 회사에 채용되어 금융계에서 부러움을 사면서 직장 생활을 했다. 전공에 비추어보면 가장 좋은 직장을 고른 셈이다. 대학에 다니면서 바라고 바라던 일자리라고 해도 좋을 것이 틀림없었다.

그런데 그녀에게 새로운 전기가 찾아들었다. 2005년의 일이다. 그녀는 퇴근 뒤 늘 가던 요가 교실에 갔다. 정석처럼 정해진 절차대로 운동을 하고 있는데 웬걸 문득 눈물이 왈칵 쏟아지는 것이 아닌가! 눈물이 자신도 억제할 수 없이 뺨을 타고 흘러내렸다.

무슨 까닭이었을까? 어쩌자는 것이었을까?

그녀는 문득 그동안 쌓이고 쌓인 업무 스트레스가 마침내 눈물로 폭발한 것이라고 깨닫게 되었다. 그런 느낌이 자신도 모르게 솟아났다. 내쳐 한참을 울고 또 울었다. 그러다가 눈물에 씻긴 듯이 새로운 생각이 떠올랐다.

'바로 이거야! 요가! 이것과 맺어진 일을 골라야지!'

이 발상은 영감과 같은 것! 절대자의 계시啓示나 신탁과도 같은 것이었다. 소명召命, 곧 하늘이 부르는 소리와도 같은 것이었다.

'부르는 소리 있어, 나도 모르게 부르는 소리 있어, 오라고 하고 따르라고 하니!'

그녀는 그 소리 없는 부름을 따라서 머뭇댐 없이 직장에 사표를 던졌다. 새로이 요가 강사 자격증을 따는 데 혼신의 힘을 기울였다. 남들에게는 여간 당돌하고 엉뚱한 모습이 아니었다.

"탄탄한 직장을 집어치우고는 수입이 일정하게 보장되지도 않을 요가 강사라니?"

주위에서 비난이 쏟아졌다.

그러나 아버지는 달랐다. "네 마음의 소리에 귀를 기울여라!"고 입버릇처럼 타이르던 그녀의 아버지는 요가 강사가 되겠다고 나선 딸을 기꺼이 응원했다. 어머니도 흔쾌히 동조했다.

"네가 원하는 길이면 최선을 다해라."

연습에 또 연습, 수련과 단련으로 전신이 초주검이 되도록 애쓰고 땀을 흘렸다. 그 덕분에 그녀는 남들보다 훨씬 빨리 요가 강사 자격증을 따냈다. 게다가 요행도 따라주었다. 그녀의 만만 찮은 기법과 열성이 통했던 것이다. 자격증을 손에 넣은 지 3개월도 안 되어서 일로 매일 매일이 미어터졌다. "하루하루, 시간 시간이 꿀맛 같았다"고 그녀는 회고한다.

'일의 보람!' 그 느낌에 온 마음, 온몸이 떨렸다.

그러던 중에 이 젊은 요가 강사는 안태 고향인 미국을 떠나 아시아로 활동 무대를 옮겼다. 온 세계, 지구촌에 그녀의 요가가 출렁대고 울려 퍼지기를 바랐다. 그래서 그녀는 낯선 이국

땅 홍콩에 새로이 터전을 잡았다. 철새가 영주의 둥지를 튼 것이나 다를 바 없었다.

그녀는 홍콩에서 요가 강사 자리를 새로 얻어냈다. 그런데 그녀의 선택과 결의에 또 다른 천행이 따랐다. 그녀의 소문을 들은 나이키 본사에서 이 앳된 외국인 여성의 명성에 어울리는 일자리를 제공한 것이다. 그것은 그녀로서는 황금의 직분이었다.

'세계 요가 홍보 대사.'

그녀는 이제 글로벌리즘의 '요가 전도사'가 되었다. 이웃 중국은 물론 멀리 네덜란드까지 그녀의 활동 무대가 되었다. 그녀는 머지않아 부모의 모국인 한국에서도 사명을 다할 것이라고 잔뜩 벼르고 있다.

"지금 수입은 예전의 투자 관리 회사에서 받던 연봉의 절반에도 못 미쳐요. 하지만 그게 무슨 대순가요? 스스로 택한 길에서 마음껏 능력을 발휘한다는 것, 그 보람과 행복을 돈으로 계산할 일은 아니지요."

이렇게 말하는 젊은 그녀의 얼굴은 잔잔한 웃음으로 설레고 있었다. 그녀는 이렇게 결론 지었다.

"아직은 앞날이 불확실한 것이 사실이에요. 하지만 불확실성은 언제나 새로운 가능성을 머금고 있다는 것을 저의 새로운 선택이 그리고 그에 따른 결정이 증명해 보일 거예요. 믿어

주세요!"

둘

프란체스코는 젊은 시절 상당히 오랜 시간에 걸쳐 시행착오를 저질렀다. 본의 아닌 실책, 일부러 저지른 타락이며 허물로 그의 젊음은 얼룩져 있었다. 돌이켜보면 덧없고 허무한 삶이었다. 어떻게 생각해도 고개를 못 들 부끄러운 한때였다.

그는 마음껏 돈을 쓸 수 있는, 낭비할 수 있는 처지를 누릴 대로 누렸다. 소비와 향락은 한때 그의 삶의 전부이다시피 했다. 하지만 그는 오래지 않아서 뼈아픈 뉘우침, 가슴 저리는 후회로 땅을 치며 통곡하게 된다. 겉으로는 몰라도 속으로는 그랬다.

가톨릭 성인의 한 사람인 프란체스코는 엄청난 부잣집 아들이었다. 돈은 무진장이고 명성도 하늘 높은 줄 모르는 집안에서 태어났다. 아버지는 이탈리아 중부의 아름다운 고을, 아시시의 재벌이었는데 옷감 장사로, 또 수출과 수입으로 자산을 모았다.

그래서 이 아시시의 성인은 흥청망청 돈을 써댔다. 낭비하고 허비하기를 서슴지 않았다. 물 쓰듯이 펑펑 돈을 날렸다. 그러자니 절로 주위에 젊은이들이 들끓었다. 깡패, 불량배, 놈팡이들이 무리를 지어서 몰려들었다. 저절로 그는 우두머리가 되었다. 밤늦도록 술판을 벌이고는 아시시의 거리를 쏘다녔다. 왁자지껄 소란을 떨고 황패까지 부리면서 나부댔다. 영락없는 부잣집 망나니였다.

그런데도 "위대한 감미로움을 체험함이 없이는 프란체스코의 이름을 그 누구도 발설할 수 없다"고 그의 동료가 회고하게 된 생애의 큰 변화, 엄청난 변화가 오게 된다. 뿐만 아니다. 그와 거의 같은 시대를 살았던 토마스 첼라노란 사람이 "가장 완벽한 인품의 거울"이라고 칭송한 그 인품이며 인격의 변화도 함께 오게 된다.

프란체스코는 청춘이 한창 절정에 이른 시점, 그러니까 스물다섯 살이 되도록 사치와 낭비를 일삼고 쾌락과 게으름에 젖어 있었다. 누가 보아도 부잣집의 타락한 망나니, 개아들이었다. 하지만 바로 그 새파란 젊음의 최정상에서 그의 일신에 엄청난 변화가 온다. 그는 전혀 딴 사람이 되고 만다. 인격, 성격, 인생관, 세계관이 180도로 역전하고 만다. 이제 세속적인 의미의 청춘은 그에게 아무 의미도 없었고 어떤 구실도 하지 못했다. "청춘이여, 안녕!" 속된 의미의 청춘에게 그는 영이별을 고했다.

그 변화는 혁신이었다. 시대가 르네상스의 극히 초기라서 그랬을까? 그의 청춘도 나름의 르네상스를 맞이하게 된다. 그건 새로운 탄생이고 놀라운 재생이었다.

어느 날 역시 놀이에 지치고 쾌락에 취해서 거리를 지나가던 이 '타락한 젊은이'는 나병환자와 맞닥뜨리게 된다. 그것은 우연한 만남이었다. 코도, 눈도 할 것 없이 얼굴이 짓무르고 몸뚱이도 짓이겨진, 거지꼴의 한센병 환자였다. 겉모습만 흉물스런 것이 아니었다. 온몸에서 악취가 일어서 지나가는 사람들이 코를 움켜잡고 피해갈 지경이었다.

그 옆을 지나치던 프란체스코도 역겨웠다. 피해 달아나고 싶었다. 도망치고 싶었다. 그런데 이게 무슨 일일까! 바로 그 순간 젊은 프란체스코는 그 문둥병 환자에게로 다가가고 싶은 충동을 느꼈다. 얼결에, 자신도 모르게, 그런 감정에 휩쓸려들었다. 서슴없이 그는 악취 나는 사나이에게로 다가갔다. 그러고는 문득 썩어 문드러질 대로 문드러져서 고름과 피가 뒤엉긴 그의 손에 입을 갖다댔다.

그 당돌한 입맞춤!

그 말도 안 되는 입맞춤!

프란체스코는 사지가 떨리는 감격을 느꼈다. 자신의 감동에 자신이 홀려들었다. 그는 크나큰 기쁨을 맛보았다. 자기가 하고 있는 짓에 대한 애틋한 만족감이 온 가슴에 넘쳐 올랐다.

그것은 보통 사람에게는 토악질 나는 일이고 흉악한 일이 아닐 수 없었다. 그런데도 그는 안식감에 흠씬 젖어들었다. 자신이 대견스러웠다. 남의 흉측한 상처에 갖다댄 입맞춤에서 젊은 남녀의 사랑의 입맞춤에 견줄 만한 따스한 감동이 우러났다.

엄청난 일이었다. 바로 "불쾌와 혐오에서, 그 쓰라림에서 감미로움이 움터 올랐다"고 프란체스코의 전기 작가들은 말하고 있다.

그의 생애는 이제 달라진다. 병들고 고통에 찌들고 가난에 시달리는 사람들에 대한 사랑에 몸 바치는 '헌신과 희생'의 일생이 바야흐로 시작된 것이다. 남에 대한 사랑과 함께 자신에게 주어지는 어떤 고통도 짜증 없이 견뎌내는 인내심이 프란체스코의 생활 철학이 되고, 삶을 살아가는 그리고 신앙에 몸 바치는 신념이 된다.

그는 기꺼이 부잣집 아들의 영화를 내동댕이친다. 그가 누리고 있던 모든 것을 가난한 사람, 고통받는 사람에게 베푸는 것이 일상이 된 어느 날, 거리에서 우연히 아버지를 만난다.

부자 아비는 아들을 꾸짖는다. 네가 남에게 주고 있는 그 모든 것이 본래 누구 것이기에 네 마음대로 하느냐고 나무란다. 그러자 프란체스코는 그 자리에서 옷을 훌훌 벗어던진다.

"이 모두 아버지의 것이니 돌려드리리다."

그 한마디, 그는 다른 사람들이 보는 거리 한가운데서 알몸이 되고 만다. 그러자 옆에 있던 동료가 제 몸으로 프란체스코의 나체를 가려주는 그림이 오늘날까지 전해지고 있다. 한센병 환자에게 입을 맞춘 것과 아버지 앞에서 옷을 벗어던진 것, 이 두 가지 사건은 프란체스코가 성인의 길을 걷게 된 가장 결정적인 회심의 동기이다.

한창 젊은 나이에 운명적으로 주어진 부귀도, 영화도 죄다 내던지고 그는 스스로 고통과 가난을 짊어졌다. 그리고 헐벗고 굶주린 사람들, 병에 시달리는 사람들, 외로움에 찌든 사람들에게 봉사하는 데 나머지 생애를 바치게 된다.

그는 돈 있는 독지가들의 도움을 받아 역사상 최초로 가난한 아이들을 위한 병원을 세웠다. 그 병원은 그의 생애를 위한, 그나마 '쓰라림이 보람'이 된, 그 거룩한 생애를 위한 전형적인 기념비가 아닐 수 없다.

그런데 여기서 우리는 프란체스코의 거룩함이 오직 그의 젊은 열정과 결단의 소치였다는 사실을 간과해서는 안 된다. 그의 거룩함이 젊은 열정, 집념, 결단의 꽃이었다는 사실을 우리는 마음에 되새겨야 한다.

묵은 땅을
버리고
메이플라워호의
돛을 올려라

낭만은 태양이다
그것은 삶의 신천지를 비춘다

수선화 _윌리엄 워즈워스

골짜기와 언덕 위를 하늘 높이 떠도는
구름처럼 외로이 헤매다가
문득 나는 보았네, 수없이 많은
황금빛 수선화가 크나큰 무리 지어
호숫가 나무 밑에서
미풍에 한들한들 춤추는 것을.

은하수를 타고 빛나고
반짝이는 별들처럼 잇따라
수선화는 호반의 가장자리에
끝없이 줄지어 뻗쳐 있었네.
나는 한눈에 보았네, 흥겨운 춤추며
고개를 살랑대는 무수한 수선화를.

호수 물도 옆에서 춤추었으나
반짝이는 물결보다 더욱 흥겹던 수선화,

이토록 즐거운 벗과 어울릴 때

즐겁지 않을 시인이 어디 있을까

나는 보고 또 보았네, 그러나 그 광경이

얼마나 값진 재물을 내게 주었는지 나는 미처 몰랐네.

이따금 하염없이, 혹은 수심에 잠겨

자리에 누워 있으면

수선화는 내 마음속 눈앞에서 반짝이는

고독의 축복,

내 가슴 기쁨에 넘쳐 수선화와 춤을 추네.

아! 미친 듯이 살고 싶어라.
모든 존재를 영원한 것으로,
모든 굴레를 자유로,
모든 미완성을 완성으로!

하나

젊은이라면 누구나 동경해 마지않을 로고가 낭만이다. 누구나 우러르고 싶은 구호, 또 기치旗幟가 낭만 바로 그것이다. 낭만은 젊음의 꽃이요, 정수이다.

낭만은 한자로 낭만浪漫이라고 쓰지만 원래는 한자말이 아니다. 우리말도 아니다. 영국이나 독일, 프랑스 등 서구에서 비롯된 외래어이다. 하지만 영어 로맨스romance나 로맨틱romantic의 발음을 따서 정한 랑浪과 만漫은 두 영어 낱말이 지닌 의미를 어느 정도 살려내고 있다.

랑은 파도지만, 물결 따라 떠도는 표랑漂浪을 의미하기도 한다. 그것 말고도 눈물이 흐르는 것, 함부로 구는 것 등을 의미하는데 그 모든 의미가 두 영어 단어의 의미와 겹친다. 함부로 제멋대로 구는 것을 자유라고 곱게 보아주면, 랑은 로맨스나 로맨틱에 제법 근접하게 된다.

만을 두고도 비슷한 말을 하게 된다. 만의 뜻을 옥편에서 찾으면 질펀하게 넓은 것, 멀고 아득한 것 말고도 흩어짐이나 제멋대로 굴기 같은 뜻이 있다. 광막함이나 묘연함, 거기 더해서 자유로움은 로맨스와 로맨틱이 지닌 아주 중요한 속성이다.

한자말 낭만은 로맨스나 로맨틱의 어원인 로만roman의 소리와 함께 뜻도 살려내고 있는 셈이다.

　로맨스, 로맨틱과 연관 지어 생각하면 낭만은 상상, 공상, 자유, 꿈 등과 맺어져 있다. 인간의 정신이나 영혼이 눈에 보이는 현실을 벗어나서 한껏 날개를 펴고 푸른 하늘 드높이, 또 아득한 피안 저 멀리 날고 내달리는 모습이 바로 낭만이다. 낭만에 젖으면 사람은 구름이 되고 새가 되고 밤하늘의 은하수가 된다. 이처럼 상상, 공상, 꿈의 세계를 향해서 정신이 크게 날갯짓하는 것, 이것이야말로 낭만의 조건 가운데서도 첫째 조건이다.

　공상을 하고 상상에 젖다 보니 낭만은 절로 진기함, 야릇함, 신기함, 더 나아가서는 신비로움 같은 의미도 지니게 된다. 그런 경지를 향해서 몸부림치고 애쓰는 모험도 낭만의 중요한 속성이다. 그래서 우리는 낭만의 두 번째 요건으로 신기함을 찾는 모험을 내세우게 되는데, 이것은 미처 눈에 보이지 않는 피안을 향한 모험이 될 것이다.

　모험이라지만 낭만의 모험은 구하기 어려운 것, 찾아내기 힘겨운 것을 좇는 '찾기의 모험'이다. 그래서 방황이나 머나먼, 험하기 짝이 없는 나그네 길을 가는 것이 된다. 낭만의 모험은 방황의 모험이다. 낭만의 찾음은 모험의 찾음이다. 이것이 낭만의 세 번째 요소이다.

이처럼 낭만은 상상과 이상의 세계를 동경하는 마음의 움직임, 신기한 것을 노려서 행하는 모험, 찾기의 방황, 이 세 가지를 의미한다. 그리고 또 다른 네 번째 요건이 있다. 꿈을 이루고자 하는 열정 역시 낭만을 말할 때 빼면 안 된다. 또 저 머나먼 세계, 저 높디높은 세계와 사물에 대한 열정을 말하다 보니 남녀 간 사랑의 열정 또한 낭만의 뺄 수 없는 속성이 된다. 이처럼 열정은 낭만이 갖출 네 번째 요건이다.

이 같은 낭만의 네 요소를 바싹 줄여서 말하면 어떻게 될까? 공상, 모험 그리고 방황과 열정, 이 네 가지로 낭만의 속성을 요약하게 된다. 그런데 더러는 무엇인가에 대한 감정에 북받쳐서 또는 무슨 일로 감회에 젖어서 눈물 그렁그렁한 것이 낭만의 요건으로 얘기되기도 한다. 그래서 낭만에는 감상感傷이 따르기도 하는데, 이것을 낭만의 다섯 번째 요건으로 이야기해도 괜찮을 것이다.

다음 시는 서러운 이별 탓에 사랑이 오히려 한층 더 열정에 불타오르는 모습을 보여주고 있다. 이 시에서 노래하는 이가 겪고 있는 슬픔과 눈물, 그런 것에서 감상에 젖은 낭만을 얘기해도 좋을 것이다.

눈물 아롱아롱

피리 불고 가신 님의 밟으신 길은

진달래 꽃비 오는 서역西域 삼만 리

흰 옷깃 여며 여며 가옵신 님의

다시 오진 못하는 파촉巴蜀 삼만 리

신이나 삼아줄 걸, 슬픈 사연의

올올이 아로새긴 육날 메투리,

은장도 푸른 날로 이냥 베어서

부질없을 이 머리털 엮어드릴걸

초롱에 불빛 지친 밤하늘

굽이굽이 은핫물 목이 젖은 새

차마 아니 솟는 가락 눈이 감겨서

제 피에 취한 새가 귀촉도 운다

그대 하늘 끝 호올로 가신 님아.

─서정주, 〈귀촉도〉

둘

로맨스, 로맨틱과 직결된 낭만을 커다랗게, 덩그렇게 문학과 예술의 깃발로 내세우고 나선 것이 서구의 '로맨티시즘 Romanticism', 곧 낭만주의이다. 18세기 말에서 19세기 내내 유럽 문학의 주류가 된 낭만주의는 한국에도 영향을 미쳤다. 한 예로, 〈마돈나 나의 침실로〉로 유명한 시인 이상화는 이 땅의 낭만주의의 꽃이다.

낭만주의는 문학사에서 가장 눈부시고 화려한 시기를 구가했다. 그래서 로맨티스트 시인으로 그야말로 혜성彗星 같은 이름들이 즐비하다. 독일의 하인리히 하이네, 노발리스, 횔더린과 영국의 조지 고든 바이런, 퍼시 비시 셸리, 키츠, 워즈워스 등이 그들이다.

젊음이라면 누구든 이런 시인이라야 한다. 그들 가운데 어느 한 사람 또는 두 사람이어야 한다. 젊은이는 누구나 찬란한 로맨티스트이다. 하이네이고 바이런이다.

젊음에게 눈앞의 현실이란 것은 없다. 있어 봤자 미래와 희망을 향해서 내달리는 스타트라인에 불과하다. 내일을 두고, 미래를 두고 공상을 꿈꾸는 터전에 지나지 않는다. 이미 주어

진 것, 이미 누리고 있는 것에 연연하지 말아야 한다. 기성旣
成, 미리 마련되고 작정되어 있는 것, 그런 것들에 발목을 잡히
는 짓 따위는 하지 말아야 한다. 기성은 폐기 처분해야 한다.
묵고 낡은 모든 것에 이별을 고하고 멀리, 아득한 새로운 공상
을 내다보고서 길을 나서야 한다.

젊은이가 밟고 나서는 길은 화려한 공상의 설계도라야 한
다. 눈부신 상상의 설계도의 선들을 따라서, 그 도형을 따라서
젊은이가 내달릴 길이 뻗어 있어야 한다. 누구나 밟고 갈 평지
위에, 그 무지렁이의 땅바닥에 젊음을 위한 길은 없다.

젊음은 제 갈 길을 스스로 열고 닦으면서 간다. 그는 개척자
이다. 공상은, 상상은 신천지이다. 비로소 새로이 열리는 개척
지이다. 거기 안토닌 드보르자크의 〈신세계 교향곡〉이 울려
퍼져야 한다. 묵은 땅을 버리고 메이플라워호의 돛을 올려야
한다. 톨스토이는 만년에 엮은 《인생이란 무엇인가》라는 대저
작에서 다음과 같은 말을 남기고 있다.

사람들이 젊었을 때는 우리가 자신과 남에게 바라는 올바른 일
을 실천할 수 있고, 인간의 사명은 끊임없는 자기완성이며, 나
아가 인류의 모든 죄악과 불행을 없애는 것까지 가능하다고 믿
는다. 이러한 청년들의 공상을 가볍게 여겨서는 안 된다. 그런

공상 속에, 세상의 때가 묻어 오랫동안 인간 본연의 모습과 거리가 먼 삶을 살아온 구세대들이, 남에게 아무것도 원하지 말고 어떤 것도 구하지 말며 그저 있는 그대로 살라고 충고하는 말보다 훨씬 더 많은 진리가 들어 있다.

다만 젊은이들의 공상이 잘못된 것은 자기완성과 영혼의 완성을 남에게도 강요한다는 것과 장차 일어날 일을 당장 눈앞에서 보고 싶어 한다는 것뿐이다.

지식을 넘어 더 넓고, 더 크고, 더 우람하게!

교양은 밭갈이다
그 옥토에서 인격이 자란다

교양 있는 사람	교양 없는 사람
말보다 실천이 앞선다	말만 앞설 뿐 실천력이 없다
의로움을 먼저 생각한다	이익을 먼저 생각한다
마음이 여유롭고, 근심과 두려움이 없다	항상 걱정이 많고 초조해 한다
잘못을 근본적으로 고친다	잘못을 변명하고 얼굴을 바꾼다
사람을 널리 사귄다	널리 사귀지 못하고 편을 가른다
어려운 환경을 잘 견딘다	환경에 따라 쉽게 변한다
편협하게 고집을 부리지 않는다	고집스레 자신의 이익을 추구한다
마음이 넓고 굳세다	욕심이 많고 인색하다
모든 일의 원인을 자신에게서 찾는다	모든 일의 원인을 남에게서 찾는다
아랫사람에게도 묻고 배운다	자신을 따를 것을 강요한다
남들의 고통에 민감하다	타인의 입장을 헤아리지 못한다
검소하되 고루하지 않다	사치를 일삼고 교만하다
말투와 몸가짐에 절도가 있다	말과 행동이 거칠고 야박하다
아랫사람이 직분에 충실하길 바란다	아랫사람이 모두 다 해주길 바란다
길게 보며 크게 계획한다	조급하고, 작은 이익에 연연한다
진실로 공감하는 이웃이 있다	진심으로 따르는 사람이 없다

공자가 《논어論語》에서 이야기한
'교양 있는 사람'(군자)과 '교양 없는 사람'(소인)의 특징을
정리해본 것이다. 공자는 또 "추운 겨울이 온 뒤라야
소나무와 잣나무가 더디 시드는 것을 알게 된다",
"지혜로운 사람은 혼란에 빠지지 않고, 양심적인 사람은
근심하지 않고, 용기 있는 사람은 두려워하지 않는다"고
말하는데, 모두 인격과 교양이 삶의 토대임을 강조한 것이다.
중국의 가장 오래된 시집인 《시경詩經》에
"옥을 갈고 닦아서 빛을 낸다"는 말이 있다.
한자어로 절차탁마切磋琢磨인데, 옥돌을 가공해 보석으로
완성시키는 과정처럼 한 단계 높은 인격과 교양을 갖추기 위해
마음을 닦는 모습을 비유한 것이다. 교양은 이 같은
정신적 긴장과 도덕적 훈련이 누적되어 형성되는 것이다.

하나

교양을 갖추는 것은 곧 인간성을 간직하는 것이다. 젊은 철에는 이 교양이 한결 더 절실하게 요구된다. 젊은 목숨을 정신적으로 길러가는 것은 바로 교양을 기르고 닦는 것과 맞먹는다. 육신만이 발육하고 성장하는 것이 아니다. 정신과 정서, 영혼이 자라야 한다.

교양은 지식으로 끝나지 않는다. 지식은 교양의 작은 요소에 불과하다. 교양은 지식보다 더 넓고, 더 크고, 더 우람하다. 교양은 머리로만 가꾸고 기르는 것이 아니듯이 머리에만 간직되는 것도 아니다. 머리가 교양의 필수적인 창고라고 해도 그것은 일부의 공간에 불과하다.

교양의 교敎는 누구나 알듯이 '가르침'이다. "위에서 시施하는 것을 아래서 효效한다." 이것이 바로 중국의 한자 풀이 책인《설문說文》에서 교를 풀이한 대목이다. 선각자나 스승 또는 윗사람이 베풀어서 아랫사람이 본받게 하는 것이 교, 곧 가르침이다. 양養은 '기를 양'이라고 읽는 데서 짐작하듯이 '기를 육育', 곧 육성育成하고 발육發育하고 생육生育한다는 그 '육'과 같은 뜻이다.

그러니까 교양은 인류가 이미 쌓아놓은, 선각자들이 미리 남겨놓은 가르침이나 지식을 우리 각자의 것으로 삼아서 우리들 누구나의 생명을 스스로 알아서 가꾸어나가는 것을 의미한다. 그것에 더해서 우리 각자의 존재를 지키고 발전시켜나가는 것도 의미한다. 인간으로서 육체만이 아니라 그 마음도, 생각도, 사상도 배움을 바탕 삼아서 발육시키고 성장시켜 나가는 것이야말로 참된 교양이다. 교양은 인간 내면, 그 정신의 자라나감을 위해서 없어서는 안 될 필수이다. 절대이다.

그것은 영어에서 교양과 거의 같은 뜻으로 쓰이는 '컬처 culture'에서도 거듭 확인된다. 컬처는 누구나 알다시피 '문화'를 의미한다. 그런데 비슷한 뜻을 가진 '시빌리제이션civilization'이 물질문명 쪽에 더 많이 기울어져 있는 것에 반해 컬처는 정신을 편들고 있다. 이 낱말은 그만큼 정신적 속성을 짙게 간직하고 있는데, 이 점은 컬처가 문화 아닌 교양을 의미할 때 요긴한 구실을 맡게 된다. 교양을 의미할 때 컬처는 인류가 일군 문화를 어느 개인이 삼키고 받아들여서 정신을 살찌우는 것을 가리킨다. 그래서 교양은 의미 깊은 말이 된다.

그런데 영어의 컬처는 참 성가신 말이다. 사전에 적힌 그 의미가 다양하다 못해 복잡하다. 문화를 의미하는가 하면 세련됨을 의미하기도 하는 것이 이 낱말이다. 게다가 엉뚱하게 경작耕作, 곧 논밭갈이를 의미하기도 한다. 그러다 보니 개발이나 발전이라는 뜻도 있다.

우리는 여기서 컬처가 논밭갈이라는 점에 크게 유념해야 한다. 땀을 흘리고 힘을 들여서 황무지를 경작하는 그 행위가 이 낱말의 뜻으로 각별한 무게를 지니게 된다. 거기에 시련이 따르고 고난이 따를 것은 뻔하다. 그러기에 사전에는 없지만 노력이나 단련이라는 뜻매김을 해도 크게 틀리지는 않을 것이다.

그런데 논밭갈이의 컬처가 어쩌자고 당돌하게 교양을 가리키게 된 것일까? 그건 다른 곡절 때문이 아니다. 우리 마음을, 우리 정신을, 우리 정서를 논밭 삼아서 갈고 또 다듬으라는 것이다. 그것이 곧 교양이다. 마음을 금비金肥 옥토沃土로 갈고닦는 것, 바로 거기서 교양이란 뜻이 흘러나왔을 것이다. 이때 우리는 컬처가 식물의 재배栽培이며 생물의 양식養殖을 의미하기도 한다는 사실을 새삼 마음에 새겨야 할 것이다.

　　마음의 단련과 재배
　　정신의 수양과 경작
　　정서의 수련과 육성

이들이 없이는 교양을 꿈꿀 수 없다. 그래서 우리는 체중을 재듯이 교양을 가늠할 수 있어야 한다. 생리적 영양소를 따지듯이 정신적 교양의 영양분을 잴 수 있어야 한다.

태어나면서 아는 사람은 최상이다. 배워서 아는 사람은 버금이다. 고생해서 배우는 사람은 버금의 버금이다. 고생해서 배우지 않으면 사람들은 이를 바닥으로 치느니라.

공자가 《논어》에 남긴 유명한 말이다. '생이지지生而知之'라고 해서 태어나면서 저절로 아는 것을 최상이라고 했지만 아무리 공자의 말이라도 이걸 곧이곧대로 받아들이기는 어렵다. '생이지지'는 제 아무리 천재라도 어려울 것이기 때문이다.

우리는 누구든 버금이거나 버금의 버금일 수밖에 없다. 배워서 지식을 갖게 되거나 아니면 고생해서 배워 지식을 갖추는 것이 보통 사람으로서는 당연한 일이다. 우리가 교양을 말할 때는 고생해서 배워서 알게 되는, 그 버금의 버금을 크게 존중해야 한다. 고생고생, 애쓰고 땀 흘려서 가르침을 얻는 것이 교양으로서는 최상이다.

땡볕 아래에서 밭 가는 농부의 모습
뙤약볕을 맞으며 논매는 아주머니 농사꾼의 모습

우리는 그렇게 지식을, 가르침을 구해야 한다. 그게 교양을 쌓는 일이다. 독서하고, 음악을 듣고, 미술관에서 회화 작품을 뚫어져라 응시하는 이 모든 행위로 말미암아 우리의 교양은 마음의 밭에서 움튼다. 자연을 관찰하고, 세상인심의 동태를 살피고, 남들의 심중을 헤아리는 것으로 우리의 교양이 마음속에 자리 잡는다.

세상 모든 것에 눈이 뜨이고, 주위의 온갖 것에 마음이 사로잡혀야 교양이 살찌겠지만 그 외에 한 가지가 더 필요하다. 바로 자신의 내면을, 가슴속을, 마음의 깊은 곳을 들여다볼 줄 아는 것이다. 명상도 좋고 사념도 좋다. 육중하게 생각에 묻힐 수 있어야 한다. 바깥으로는 멀리, 드넓게 그리고 깊게 볼 줄 알아야 하고 안으로는 웅숭깊게, 아귀차게 또 끈질기게 자신을 관찰할 수 있어야 한다. 바라문의 잠언 하나를 음미해보자.

열매가 익으면 꽃잎은 진다.
네 속에 밝은 의식이 자라기 시작하면,
너의 약점이 사라지기 시작한다.
비록 천 년에 걸쳐 어둠이 천지를 뒤덮고 있었다 하더라도
빛이 그것을 뚫으면 이내 환해진다.
네 영혼도 마찬가지이다.

그것이 아무리 오랫동안 어둠 속에 갇혀 있었다 해도
신이 그 속에서 눈을 뜨면 당장 환하게 밝아진다.

젊은 동안, 삶의 매 순간마다 그래야 한다. 교양이 숙성해가
는 낌새, 그 탄력이 바로 젊음의 기상이라야 한다. 그래서 교
양은 바로 한 인간의 인품과 인성이라야 한다. 여기서 우리는
영어의 '휴머니티humanity'를 교양과 관련지어 생각할 수 있게
된다.

일차적으로 인간다움이나 인간성을 가리키는 휴머니티는 인
간을 인간답게 일구어나가는 데 도움이 될 지식이나 학식도 의
미한다. 이 같은 학식 또는 학문의 대표 격이 인문학이다. 그래
서 인문학의 성격을 규정할 때 휴머니티가 교양과 짝을 짓게 된
다. 이럴 때 교양은 인간을 인간답도록 드높은 인간성을 가꾸어
주는 요소가 되는 것이다.

교양은 지식이면서도 정신의 수련과 함양을 통해서 기르고 닦
아질 인간성과 인품, 바로 그 자체를 가리킨다. 젊음에서 이 말
은 더한층 절실해야 한다. 젊음은 성장의 최절정이고, 발육의 최
정상이다. 교양도 그래야 한다. 교양이 무럭무럭 자라고 익어가
는 생생한 기척으로 넘치게 젊음을 가다듬어야 할 것이다.

둘

황태자, 그것도 중세나 고대 왕국의 황태자들은 그 젊은 시절을 어떻게 보냈을까? 아니, 단순히 '어떻게 보냈을까?' 하고 묻는 것은 좋지 않다. 그렇게 싱거운 물음을 헐겁게 던지면 안 된다.

그럼, 어떻게?

물음은 다음과 같아야 한다. 다부져야 한다.

"중국의 황태자들은 그 어린 시절에, 그리고 젊은 시절에, 자기 관리를 어떻게 했을까? 자기 경영은 또 어떻게 했을까?"

자기 관리란 일정한 계획을 작성하고 목적을 세운 다음 거기 맞추어 자기를 다스리고 다그치는 일이다. 자기 경영이란 자기 관리가 잘 되게 만사에 걸쳐서 행동해나가는 일이다. 관리는 통제하고 제어하는 비중이 큰데 비해 경영은 실천하는 비중이 크다.

인류 역사상 가장 큰 제국 또는 왕국이었던 역대 중국의 여러 나라에서 그 황태자들은 어떻게 자기 관리를 하고 자기 경영을 했을까? 이 질문을 던지면서도 저절로 긴장감이 느껴진다.

주周 나라 문왕이 세자였을 때 그는 매일 세 번씩 나라를 처음 세운 아버지 왕에게 문안 인사를 여쭈었다. 그게 언제나 공손하고 반듯하고 깔끔했다. 누가 시킨 것이 아니라 스스로 마음에서 우러난 것이었다.

백 날, 천 날이 하루 같았다. 매일 아침 동트기 전 신 새벽에 수탉 우는 소리에 잠을 깼다. 세수하고 몸을 단정하게 하고는 아버지 왕이 기침하기를 기다려서 그 앞에 나아갔다. 어쩌다 부친이 늦게 잠이 깨면 그 방 앞에 허리를 굽히고 공손하게 서서는 마냥 기다렸다. 그 사이에 부친의 시중을 드는 신하에게 묻곤 했다.

"아바마마께서는 엊저녁에 편안히 주무시는 것 같았소?"

그러다가 부왕께서 기침하신 기척이 들리면 엎드려 큰절을 올리면서 "아바마마, 간밤에 침수 편안하셨나이까?"라고 근엄하게 문안을 드렸다.

그는 "오냐, 그랬단다"라는 대답을 듣고는 온 얼굴에 웃음을 지으며 제 거처로 돌아가곤 했는데 그게 아침만이 아니었다. 낮에 한 번, 저녁에 한 번 해서 하루 세 번씩 꼬박 아버지 왕에게 문안 인사를 드렸다.

이 이야기 속에 등장하는 젊은이의 엄격한 절도_{節度}!

그 황태자의 태도를 효도니, 효성이니 하는 말로 간단히 정의 내릴 수는 없다. 또 황태자의 당연한 행실이라고만 말해버릴 수도 없다. 마땅히 지켜야 할 의무이고 규범일수록 형식적으로, 그저 남의 시선에 맞추어서 유야무야로 슬쩍슬쩍 해치워버릴 수도 있기 때문이다.

의무를 따르는 것과 정성을 다하는 것은 별개 문제이다. 앞서 소개한 주나라 문왕의 행동은 낱낱이 정성이요, 열성이요, 성심으로 받아들여야 마땅할 것이다.

온 나라 안에서 셋째 가라면 서러울 귀하디귀한 신분이고 높디높은 지체임에도 불구하고 엄한 법도를 지켜냈다고만 말해버리면 안 된다. 그런 고귀한 신분, 월등한 지체이기에 오히려 더 엄중하고 까다롭게 엄한 법도를 지켜낸 것이라고 말하는 게 옳다. 지체가 낮고 신분이 천한 사람들과는 비교도 안 될 만큼 지엄한 법도와 가혹한 의무를 지고 있었다고 말해야 한다. '노블레스 오블리제Noblesse oblige', 귀한 신분의 책무를 황태자로서 비로소 엄격하게 지켜낸 것이다.

권력은 큰 것일수록, 높은 것일수록 국민들에게 가혹하고 살벌하기 쉽다. 뿐만 아니다. 이른바 '권력 중독증'에 빠지게 되면 양심을 저버리고, 부도덕을 서슴지 않게 되고, 타락과 부패를 일삼게 된다. 이것은 동서양을 막론하고, 고금을 가릴 것 없는 진리이다.

중세나 고대의 절대군주 국가, 절대왕권 국가일수록 이 경향이 더 심했던 것은 부인하기 쉽지 않다. 왕이나 제왕은 누구든 진시황이 되고, 로마의 네로가 될 소지를 갖고 있었다. 그래서 당연히 어진 왕이 되고 부드러운 왕이 되도록 역사는 요구한 것이다. 이 경향은 자랑스럽게도 동양에서 더한층 두드러졌다.

황태자가 하루 세 번 꼬박 부왕에게 문안 인사를 깍듯이, 정중하게 올린 것은 이 때문이다. 극기심과 자제력을 갖추어서 남들에게 관대하고 융숭한 제왕이 될 기초 과정으로서 문안 인사라는 법도를 지킨 것이다. 그렇다. 그것은 큰 권력을 누릴 젊은 후보자의 자기 수양이고 자기 단련이었다. 젊을수록 왕성한 물리적 혈기를 정신적 교양이며 인격과 조화시키고자 했던 것이다.

이것은 오늘날의 젊음이 배워야 할 점이다. 제멋대로 구는 방종이 자유와 같아지고, 타락의 구렁텅이에 빠지는 것이 쾌락으로 착각되는 경향을 요즘의 젊은 세대에게서 심심치 않게 찾아볼 수 있기 때문이다. 이런 딱한 경향은 소년이나 유년 때부터 이미 길러지고 있는 것 같다. 한 아이만을 키우는 가정의 수가 늘어가고 있다. 이런 가정을 '독자 가정'이라 부른다면 그 비율

이 자녀를 두고 있는 전체 가정의 40에서 50퍼센트에 이른다고 한다.

'외아들'이라면, '외동아들'이라면 예부터 망나니와 별로 다르지 않은 것으로 인식되어왔다. '외동딸'도 대체로 비슷했다. 물론 외동아들이든 외동딸이든 귀염둥이, 귀한 자식을 의미하기는 했지만 다른 한편으로는 흉측한 의미가 거기 따라붙었던 것이 사실이다.

그런 요즘의 젊은 세대, 어린 세대에게 중국의 황태자 이야기는 크나큰 경고이며 충고의 의미를 갖게 될 것이다. 아니, 마땅히 그렇게 받아들여야 한다.

그대의 이름을
부르기 위해
나는
다시 태어난다

사랑은 모든 것 위에 그대 이름을 쓰는 것이다
우주와도 맞바꿀 수 없는 그 이름을!

자유론 _존 스튜어트 밀

진리와 정의에 대한 높은 식견과 고매한 감정으로 나를 한없이 감화시켰던 사람,

칭찬 한마디로 나를 무척이나 기쁘게 해주었던 사람,

내가 쓴 글 중에서 가장 뛰어나다고 할 수 있는 것은 모두 그녀의 영감에서 나온 것이었기에 그런 글을 나와 같이 쓴 것이나 마찬가지인 사람.

함께 했던 사랑스럽고 아름다웠던 추억, 그리고 그 비통했던 순간을 그리며 나의 친구이자 아내였던 바로 그 사람에게 이 책을 바친다.

지난 오랜 세월 동안 내가 저술했던 다른 글과 마찬가지로, 이 책 역시 그녀와 내가 같이 쓴 것이나 다름없다. 그러나 불행하게도 이 책은 그녀가 수정을 하지 못했다. 특히 가장 중요한 몇몇 부분은 그녀의 세심한 재검토를 받기 위해 일부러 남겨놓았는데, 그만 뜻하지 않은 그녀의 죽음 때문에 이 모든 기대를 접을 수밖에 없었다. 그 무엇과도 비교할 수 없을 만큼 소중한 기회를 놓쳐버리고 만 것이다.

그녀는 참으로 깊고 그윽한 지혜의 소유자였다. 이제 그와 같은 도움을 받지 못한 채 쓰는 글이란 얼마나 보잘것없을까. 그녀의 무덤 속에 묻혀버리고 만 그 위대한 생각과 고상한 감정의 절반만이라도 건져낼 수 있다면, 거기서 내가 얻는 혜택은 이루 말로 다 할 수 없을 정도이다

밀은 아내를 극진히 사랑했다. 그는 아내 테일러를 단지 사랑하는 여인이 아니라 인생과 사상의 동반자로 여겼다. 밀은 자신과 아내의 생각을 따로 구분하는 것은 무의미한 일이라 생각하고 자신이 쓴 모든 글을 아내 테일러의 손을 거쳐 발표했다. 그런데 이토록 소중한 아내가 《자유론》의 출간을 앞두고 갑작스레 병을 얻어 세상을 떠나고 만다. 애통한 마음으로 장례식을 치른 밀은 아내의 묘소를 내려다볼 수 있는 곳에 작은 집을 짓고 한동안 그곳에 머물렀다. 뒷날 그는 '아내의 최종 검토를 거치지 못한' 《자유론》 원고를 출판하면서 책의 첫머리에 아내에게 '바치는 글'을 실었다.

하나

앞에서 우리는 폴 엘뤼아르의 시 〈자유〉를 약간 맛보았다. 시인은 온갖 곳에, 별의별 곳에, 이 세상 거의 모든 것, 모든 곳에 그대의 이름을 적어댔다.

학교의 공책 위에
내 책상과 나무 위에
모래 위에, 눈 위에
나는 그대 이름을 쓴다.

읽은 페이지 전체 위에
아직은 흰 페이지 전체 위에
별별 종이와 잿가루 위에
나는 그대 이름을 쓴다.

(…)

푸른 하늘의 내 몫의 조각 위에

이끼 낀 태양의 연못 위에
번쩍이는 달의 호수 위에
나는 그대 이름을 쓴다.

밭 위에, 지평선 위에
새들의 날개 위에
그림자 드리운 풍차 위에
나는 그대 이름을 쓴다.

신 새벽의 번득임 위에
바다 위에, 배 위에
미친 산 위에
나는 그대 이름을 쓴다.

거품 이는 구름 위에
폭풍에, 번지는 땀 위에
하잘것없는 소낙비 위에
나는 그대 이름을 쓴다.

(…)

눈뜬 오솔길 위에
뻗어나간 길 위에
넘쳐나는 광장 위에
나는 그대 이름을 쓴다.

지금 불이 켜진 등잔 위에
지금 꺼지는 등잔 위에
다시 뭉친 나의 집 위에
나는 그대 이름을 쓴다.

(…)

되살아난 건강 위에
떠나간 위험 위에
기억이 없는 희망 위에
나는 그대 이름을 쓴다.

하나의 말의 힘으로
나의 인생은 다시 시작한다.
내가 태어난 것은 그대를 알기 위해서

그대를 이름 부르기 위해서.

시인은 온갖 것 위에 그대 이름을 쓰겠다고 되풀이, 되풀이해서 말하고 있다. 별의별 것 위에, 하다못해 없음 직한 것들 위에까지 그대 이름을 쓰겠다고 반복해서 말하고 있다. 자그마치 스무 개 연에 걸쳐서 후렴구마다 "나는 그대 이름을 쓴다"고 되풀이하고 있다.

사랑이란 그런 것 같다. 아니, 그래야 할 것 같다. 물론 이 시에서 그대는 '자유', 바로 그것이다. 하지만 그대를 연인으로, 사랑하는 사람으로 바꿔치기 해도 이상할 것이 없다.

초현실주의라는 괴상한 모토를 내세워서 시를 쓴 엘뤼아르는 독자들에게 "용용 죽겠지!" 하고 혀를 내밀 듯이 이 시를 쓰고 있다. 자그마치 그대 이름이 스무 번이나 되풀이되는 동안 독자들은 그대를 곧 연인이라고 여기게 된다. 그렇게 확신하게 된다. 그런데 스무 개의 연이 이어진 뒤 단 한 줄, 단 하나의 단어로 한 개의 연이 마무리된다.

그 하나의 단어가 '자유'이다. 스무 번 되풀이해서 이름을 쓰겠다고 한 대상은 자유였던 셈이다. 자유의 여신이라고 해도 괜찮을 것이다. 하지만 이 시를 읽는 동안 첫 번째 연에서 스무 번째 연에 이르기까지 줄곧 시인이 온갖 것에 이름을 적는 그대를 독자들이 연인이라고 읽어도 잘못될 것은 없다.

사랑이란 이런 것이다. 온 천지 어디에나, 무엇에나 오직 그대 이름을 쓰고 그대 이름으로 채우는 것, 그래서 하늘도, 땅도 다만 임의 이름, 그 자체이게 하는 것, 그것이 바로 사랑이다.

젊은이의 사랑은 더한층 그래야 한다. 하늘과 맞바꿀 이름, 대지와 일대일로 바꿀 이름, 그래서 온 세계와 마주 바꿀 이름, 오직 그것만인 이름, 그것이 연인의 이름일 때 비로소 젊은이의 사랑은 제 보람을 누릴 것이다.

들

과거의 역사책에 김유신, 연개소문, 장보고 등 큰 인물들과 나란히 이름 없는 서민의 전기가 실려 있었다고 하면 모두들 긴가민가할 것 같다. 그것은 휘황찬란한 백열등 사이에 초롱불 하나가 켜진 것과 같다. 그것은 켜나마나 할 테니까. 그런데도 그런 사례가 있다.

오늘날 같으면 전기傳記라고 할 것을 옛날 문헌에서는 '열전列傳'이라고 했다. 중국 역대 왕조의 역사책에 당연히 열전이 따로 있듯이 우리의 《삼국사기三國史記》나 《고려사高麗史》에도 열전이 전해진다. 그 가운데 호롱불 같지만 영롱하게 빛나는 얘기 한 가락이 아로새겨져 있다. 생색이 나게, 또 본때 나게 기록되어 있다. 연개소문의 이야기 지척에 말이다.

신라의 율리라는 어느 외진 마을에 설(薛) 씨 성을 가진 집안이 있었다. 그 집에 딸이 있었는데 구체적으로 이름은 알려지지 않았고, 옛날 풍습에 따라서 그냥 '설 씨 딸'이라고만 문헌에 적혀 있다. 집안은 벼슬과는 인연이 끊긴 서민인데다 가난하기까지 했다. 그러나 처녀는 예쁘고 몸가짐이 단정했다. 하지만 성품이 깔끔한데다 엄한 데가 있어서 누구나 부러워하긴 해도 가까이 대하기는 어려웠다.

그런 중에 진평왕 때 불행이 닥쳤다. 아버지가 노쇠한데다 병까지 들었다. 그런데 엎친 데 덮친 꼴로 불행이 덧게비로 닥쳤다. 국가의 명으로 그 늙고 병든 아버지가 변방을 지키는 병사로 동원될 줄이야! 짐작도 할 수 없는 일이었다. 그것은 노인으로서는 감당하기 어려운 벅찬 일이었다.

노인은 물론이지만 딸도 깊은 시름에 잠겼다. 여북하면 자기가 대신 그 고역을 맡아 나설까 하고 궁리까지 해보았으나 소용없는 일이었다. 그때 뜻밖에 구원의 손길이 뻗쳐왔다. 멀지 않은 사량 마을에 살고 있는 가실이란 소년이 돕겠다고 나선 것이다. 그도 가난하고 별것 아닌 집안의 아들이었지만 치조가 굳고 마음씨가 착한 젊은이였다.

그는 궁지에 몰린 설 씨 집안을 자청해서 돕겠다며 설 씨 처녀를 찾아왔다. 그는 평소에 먼발치로 설 씨 처녀를 보고 흠씬 사모하고 있었다. 그러나 단 한 번도 그런 눈치를 보인 적은 없었다. 오직 마음으로 애타게 그리워했을 뿐이다.

"제가 보잘것없는 미천한 몸이지만 남을 돕는 의협심만은 단단하게 간직해 왔습니다. 이 목숨을 바쳐도 좋습니다. 그대 아버님의 병역을 대신 맡도록 해주십시오."

비록 처음 만난 남남이었지만 처녀는 총각의 인상과 마음가짐에 제 마음을 빼앗겼다. 뜻밖의 반가운 제의에 머뭇댐 없이 응하기로 했다. 처녀는 반가운 소식을 아버지에게 전했다. 놀란 아버지는 딸과 가실을 나란히 앉혀놓고는 타이르듯이 말했다.

"이 총각이 나를 위해서 스스로 인생을 희생하겠다니 기쁘기 한량이 없다. 그 은혜는 어떻게든 갚아야 할 것이다. 하지만 내가 가진 것, 누리는 것이 하나도 없으니 무엇으로 갚는단 말인가? 그래서 말이네만 내 딸이 비록 천한 집 출생이고 가난하긴 하지만 젊은이가 굳이 싫다고 않는다면 3년 기한의 병역을 마치고 돌아온 그 훗날 신부로 맞아주게나. 부탁이네."

그러자 총각은 두 번 큰 절을 올리면서 다짐했다.

"제가 어찌 감히 그 호강을 바라겠습니까만 저의 알뜰한 소망이오니 저로서는 따님을 아내로 맞는 것보다 더 보람된 일은 없을 것입니다."

그런데 총각은 마음이 급했다. 군역으로 멀리 가기 전에 혼인 날짜를 당장에 잡아달라고 청했다. 그러자 처녀가 말했다.

"좋습니다만, 혼인은 인륜대사가 아니옵니까? 문득 서둘러서 창졸간에 혼사를 치르는 것은 마땅치 않다고 여겨집니다. 그대께서 군역을 마치시고 돌아온 다음 좋은 날을 잡아 혼사를 치르게 해주십시오. 이미 그대에게 마음을 허락한 이상, 절대로 변심은 없을 것입니다. 하늘을 두고 맹세합니다."

그러면서 신부 후보자는 자기가 가진 귀한 거울을 절반으로 쪼개 내놓았다. 그것을 서로의 신표로, 혼약의 신표로서 단단하게 간직하고 있기를 바란다고 했다.

"훗날 예정된 3년이 지나고 그대가 무사히 돌아오시는 날에 이 반쪽 거울을 서로 맞추어보게 되기를 바랍니다."

말을 더 하지는 않았지만 그 두 쪽의 거울이야말로 오래 헤어져 있을 두 사람의 몸을 나타낸다고 그녀는 생각하고 있었다. 그뿐만이 아니다. 쪼개진 두 거울이 다시 합쳐지는 것은 드디어 두 사람이 일심동체가 되는 것을 의미한다고도 생각하고 있었다. 물론 그 두 가지 생각은 신랑 후보자에게도 전해졌다.

가실은 그가 애지중지 기르던 말 한 필을 설 씨 처녀에게 맡기고는 군역을 위해 머나먼 변경으로 떠났다. 신랑 후보자가 보고 싶을 때마다 신부 후보자는 말을 어루만지는 것으로 그리움을 대신했다.

그러는 사이에 3년의 기한이 지나갔다. 하지만 나라에서는 대체 인력을 구하지 못했다. 그만 복무 기한이 3년 연장되었다. 처녀는 그리움이 더욱 깊어졌지만 아비는 생각을 달리 먹게 되었다. 아예 약조를 3년으로 한 것을 핑계 삼아 딸에게 강요했다.

"애야, 애초에 3년을 기다리기로 한 것이 아니냐. 이미 3년이 훌쩍 지나갔고 이제 거의 여섯 해가 되어가도록 그 총각에게서는 소식조차 없지 않느냐? 그 사이에 네 혼기도 너무 늦어지고 말았다. 그래서 내가 이미 신랑을 구해서 혼인 날짜까지 잡아두었다. 딴생각은 하지 말고 혼례를 올리기로 하자."

딸은 못하겠다고 했다. 처녀는 도망치려다가 붙잡혀서 마구간에 갇히는, 딱한 신세가 되고 말았다. 처녀가 가실의 말을 붙잡고 우는 날이 계속되었다.

그렇게 처녀가 눈물에 젖어 있던 어느 날, 가실이 돌아왔다. 몰골은 거지꼴이었고 몸도, 얼굴도 수척할 대로 수척해 있었다.

그 아비는 가실을 몰라보았다. 하지만 고대하고 고대한 처녀
는 그렇지 않았다.

처녀는 단박에 가실을 알아보았다. 눈물에 젖어 있는 약혼녀
에게 가실은 그 사이 줄곧 품속에 간직하고 있던 반쪽짜리 거
울을 내밀었다. 약혼녀가 나머지 반쪽을 역시 품에서 꺼내 짝
을 맞추어 보였다. 그러면서 처녀는 더 크게 우는 것이었다.

《삼국사기》열전에 전해진 이 한 편의 이야기는 한국 역사
상 최초의, 가장 뜨거운 러브 스토리로 지목되어도 좋을 것이
다. 한국의 젊은 남녀 간의 에로스의 역사에서 드높은 기념비
로 우뚝 솟아야 마땅할 것이다.

처녀가 자기 아버지 대신 고역을 자청한 총각을 무슨 의무
감이나 책무감으로 기다렸다고만 생각하는 것은 소견이 좁고
머리가 모자라는 탓일지도 모른다. 소식이 끊긴 채 자그마치 6
년을 기다린 것을 두고 그저 약속을 지키기 위해서라고만 보
는 것은 옳지 않다.

사랑에는 으레 신의가 따르기 마련이다. 서로 간의 믿음을
지켜야 하는 것이 사랑이다. 상대방에게 믿음을 바치는 것으
로 사랑은 굳건해질 것이다. 신의가 곧 사랑일 수도 있다. 그
렇기에 설 씨 처녀는 가실에게 바치는 사랑 때문에 소식이 끊

긴 6년간을 한결같이 일편단심으로 견뎌낸 것이다.

이처럼 곱고 아름다운 사랑의 얘기가 이미 천 년도 넘는 세월 저 너머에서 꽃핀 것, 그것은 요즘의 젊은이들에게 영원한 사랑의 지표로 남아야 할 것이다.

셋

"벗이 있어 멀리서 찾아오니 즐겁지 아니한가!"

공자가 한 이 말, 부담을 주지 않아서 좋다. 그가 《논어》에 남긴 가르침에는 성가시고 까다롭고 힘겨운 것이 허다한데도 벗에 관해서 한 이 말에는 그런 것이 없어서 좋다. 모르긴 해도 우정이란 것, 벗이란 것, 친구란 것이 우리 모두의 마음을 편하고 유쾌하게 해주는 까닭이 아닌가 싶다.

그래서일까? 문학 작품에는 남녀의 사랑 못지않게 친구 사이의 우정을 다룬 것이 적지 않다. 헤르만 헤세의 《나르치스와 골드문트》라든가, 토마스 만의 《토니오 크뢰거》 등을 쉽사리 보기로 들 수 있을 것이다.

'친구'란 말은 순우리말이다. 한자로 친구親舊라고 쓰기도 하지만 그건 '이두문자' 같은 것이다. 순우리말의 소리와 뜻을 따서 거기 어울리는 한자로 옮겨 적은 것이 이두이다. 신라 시대에 가장 많이 활용한 것으로 그 잔재가 친구라는 한자말에 남아 있다.

그러나 한자인 친구가 소리만 옮겨 적고 있는 것은 아니다. 뜻도 담고 있다. 서로 친하고 가까운데다 얼굴이 구면일 뿐만 아니라 묵은 정, 곧 구정舊情이 날로 짙어지는 사이라는 뜻이 근사하게 실려 있는 것이다. 굳이 한자로만 새기면 친한 벗인 친우親友이자 오래 사귄 구우舊友가 친구이다. 벗이나 친우란 말보다 압도적으로 우세하게 친구란 말이 쓰이는 까닭도 여기서 찾을 수 있을 것이다.

친구를 사귀는 것도 역시 사람의 일이라서 그런지, 사람에 따라 변화가 많고 구색도 다양하기 마련이다. 그래서 별의별 우정이 있을 수 있다. 새로 사귄 새 친구가 있고, 십 년 묵은 '십년지기'가 있다. 서로 만나기가 무섭게 아옹다옹하는 친구가 있는 반면, 하루만 못 보아도 십 년을 못 본 듯이 보고 싶어지는 친구, 그래서 짙고 달콤한 정을 주거니 받거니 할 친구도 있다. 그런데 이도 저도 아닌 아주 별종의 우정도 있을 수 있다.

어느 날 나는 친척 아저씨의 염색 공장에서 염색 기계의 무쇠로 된 롤러를 바라보고 있었다. 그 빛이 하도 고와서 손으로 롤러의 여기저기를 만져보면서 즐거워했다. 그런데 바로 그때 내 사촌 형이 운전대에서 롤러를 돌아가게 했다. 내 손톱이 롤러 사이에 끼어들어갔다. 내가 아파서 소리를 질러대자 녀석은 얼핏 롤러를 거꾸로 돌려서는 내 손가락이 빠지게 했다.

하지만 찢겨나간 손톱이 롤러에 달라붙어 있었고, 손가락 끝으로는 피가 줄줄 흘러내렸다. 나는 울음을 터뜨렸다. 놀란 녀석이 운전대에서 급히 뛰어 내려와서는 나를 끌어안았다. 제 잘못을 빌면서 저도 울었다. 그러면서 말했다.

"울지 마, 아프겠지만 참아! 내가 잘못했어. 하지만 이게 우리 아버지에게 알려지면 나는 혼난단 말이야. 나 좀 봐줘!"

그렇게 애타게 비는 통에 나는 아픔을 참고는 그의 난처한 처지를 구해주기 위해서 애써 울음을 참았다.

그는 나를 데리고 웃물로 갔다. 상처 난 손을 씻겨주고, 이끼를 뜯어 상처에 발라서는 피를 막아주기도 했다. 그러면서도 연신 그의 아버지가 모르게 해달라고 사정사정했다. 나는 염려 말라고 그를 다독거려주었다.

나는 두 달도 넘게 손가락을 쓸 수가 없었다. 누가 물으면 굴러 떨어지는 바위에 치어서 그렇게 되었다고 거짓말을 했다. 그래서 나는 스스로 다짐을 두었다.

'거룩한 거짓말이여! 어떤 진실이 이보다 더 아름다울 수 있단
말인가?'
이래서 그와 나 사이의 정은 더한층 곱게 지켜나갈 수 있었다.

이렇게 불행한 사건, 그것도 본인에게 피해가 주어지는 사건
때문에 우정이 더욱 돈독해지는 보기를 장 자크 루소는 명저
《고독한 산책자의 몽상》에서 보여주고 있다. 그런데 비슷한 이
야기가 또 있다.

나는 친구와 나무 작대기로 나무 공을 치면서 놀고 있었다. 그러
다가 그만 싸움이 붙어서 서로 치고받게 되었는데 그는 나무 막
대기로 모자 쓴 내 머리통을 내리쳤다. 머릿골이 빠개지는 것 같
았다. 나는 그만 쓰러지고 말았다.
머리칼 사이로 흘러내리는 피를 보자 그는 놀라서 어쩔 줄을 몰
랐다. 그건 나머지 평생 동안 내가 다시는 볼 수 없을 정도로 심
각했다. 그는 내가 숨이 끊어졌다고 생각한 건지 달려와서는 포
옹했다. 내 몸을 얼싸안고 큰 소리로 통곡을 해댔다.
정신이 든 나도 그를 힘껏 끌어안고 울어댔다. 그건 참 감동적인
순간이었다. 우리 둘의 마음을 부드럽게 해주었다. 둘 다 마음
이 따스해오는 것이었다.

그는 나를 안다시피 해서 자기 집으로 데려가서는 상처를 씻어 주고, 브랜디에 재어둔 백합 꽃잎을 상처에 발라주었다.

더 말할 필요도 없이 이로 말미암아 우정이 한층 짙어졌다고 '고독한 산책자'는 회고한다. 상처 입히고 상처 입은 두 사람이 우정을 전보다 더 돈독하게 여물리고 있다. 비 온 뒤에 땅이 굳어진 셈이다.

첫 번째 이야기에서 비록 실수였지만 친구에게 손톱이 빠지고 손가락 끝이 문드러지는 큰 상처를 입힌 것에 대한 뉘우침은 엄청난 것이었다. 받은 충격도 여간 큰 것이 아니었다. 그래서 그는 울음으로 빌었다. 가해자의 뉘우침을 곁들인 부탁을 피해자가 기꺼이 받아들임으로써 그들 사이에 따뜻한 화해가 이루어졌다. 오히려 피해자는 제 마음에 긍지를 느끼면서 한층 우정을 높일 수 있었다.

두 번째 이야기는 이와 좀 다르다. 서로 치고받는 난투극이 벌어졌다. 몽둥이질도 서슴지 않았다. 그러다가 한 아이가 혼절하면서 쓰러졌다. 깨어진 머리에서 피도 흘렀다. 그야말로 피비린내 물씬한 싸움판이었다. 하지만 가해자가 먼저 통한의 울음을 터뜨렸다. 상대방에게 입힌 상처의 아픔을 자신도 절감했다. 그래서 상대방을 보듬어 안고는 울음을 터뜨렸다. 상대에게 입힌 아픔을 제 아픔인 듯이 감싸주면서 울음을 터뜨렸다. 그 참회의 울음이 상처 입은 친구의, 아픔을 못 견뎌하는 고통의 울음과 이중창을 하면서 둘은 한 마음, 한 뜻이 될 수 있었다. 아픔의 크기만큼, 울음의 크기만큼 우정도 도타워질 수 있었다. 상처 입은 자의 아픔의 울음과 상처 입힌 자의 뉘우침의 울음이 서로 화답한 것이다.

그야말로 '싸우면서 정든다'는 말이 실감난다. 나이 들 만큼 든 사람들은 몰라도 젊은이들에게 이 말은 더 잘 들어맞을 것이다. 젊은 탓에, 혈기 왕성한 탓에 감정도 날을 세우기 일쑤이다 보면 작은 시비 거리로도 서로 옥신각신할 수 있을 것이다. 그러다가 서로 마음의 상처도 입고 입히기 마련일 것이다.

뿐만 아니다. 사태가 더 흉해질 수도 있다. 서로 티격태격하다 보면 그 여세로 주먹질도, 발길질도 느닷없이 주고받을 수 있을 것이다. 그래서 뜻하지 않게 상처를 입힐 수도 있을 것이다. 이 모든 것이 다만 젊은 탓에 일어날 수 있고, 덧날 수도 있을 것이다.

그러나 둘이 진작부터 진실로 우정을 주고받았다면 이 좋지 않는 결과를 뉘우치고 사과하면서 용서함으로써 우정은 새로운 진전을 이룰 것이다. 서로 마음의 상처가 아물면서 금이 갔던 우정에 새 살이 불쑥불쑥 돋아 오를 것이다.

젊은 우정은 시비이며 다툼이며 싸움을 틈타서 부활하고 재생할 것이다. 아니, 그렇게 해야 할 것이다. '고독한 산책자'가 그렇게 했듯이….

웃어라,
온 세상이
함께 웃을
것이다

웃음은 솟구치는 분수이다
그것은 청춘의 화사함을 선물한다

나의 자서전 _찰리 채플린

모든 희극에서 가장 중요한 것은 자세이다. 그러나 그것을 찾아 내는 것은 쉬운 일이 아니다. 여하튼 나는 호텔 로비에서 손님을 가장한 사기꾼처럼 행동하지만 실제로는 잠잘 곳을 찾아 이리저리 헤매는 뜨내기를 연기하기로 마음먹었다.

호텔에 들어서자마자 나는 한 부인의 발에 걸려 넘어진다. 나는 일어나 돌아서서 모자를 들어 보이며 정중히 사과한다. 그런 다음 다시 타구唾具에 걸려 넘어진다. 다시 일어나 타구에 대고 모자를 들어 보이며 정중히 사과한다. 카메라 뒤에서 연신 웃음소리가 나기 시작했다.

스튜디오에 있던 많은 사람들이 무대로 몰려들기 시작했다. 다른 세트장에서 촬영 중이던 배우들도 촬영을 중단하고 우리가 있는 세트장으로 몰려들었다. 뿐만 아니라 무대 담당, 의상 담당 등 모든 스태프들도 우르르 몰려왔다. 나에게는 영광스러운 시간이었다. 연습이 끝나갈 즈음, 무대 앞에 몰려든 모든 구경꾼들이 연신 배꼽을 잡고 있었다.

채플린이 유명한 '뜨내기' 캐릭터를 창조해낼 때의 이야기이다.
그 우스꽝스러운 인물은 복장, 표정, 성격, 행동이
죄다 부조화스러워서 관객들에게 큰 웃음을 준다.
채플린이 말했듯이
"유머란 인간의 정상적인 행동에서 분간해낼 수 있는
행동의 미묘한 불일치 또는 어긋남"이기 때문이다.
이 세기의 천재는 이런 멋진 말들도 남겼다.
"인생은 가까이서 보면 비극이지만 멀리서 보면 희극이다."
"유머는 우리가 '살아 있다'는 느낌을 고양하고,
우리가 '제정신'이라는 것을 반증한다.
유머 덕분에 우리는 인생의 부침을 견뎌낼 수 있는 것이다."

하나

웃기지 마!

그건 웃음거리야!

이런 말을 할 때 한국인은 웃음을 업신여기는 것이다. 깔보아도 예사로 깔보는 것이 아니다. 이것은 정말 웃기는 이야기! 우리는 그러지 말아야 한다. 웃음은 여간 귀한 보물이 아니다. 삶을 위한, 더욱이 젊음을 위한 최상의 보물 가운데 하나이다.

젊음은 왕창왕창 웃어야 한다. 낄낄, 그게 아니고 깔깔, 그렇게 대소大笑해야 한다. 화들짝! 통쾌하게, 속 시원히, 밝게, 배가 터지고 허리가 꺾이도록 웃어야 한다. 그래야만 젊음이다.

소문笑門 만복래萬福來

웃는 문(집)에 온갖 복이 들어온다는 이 말을 옛 사람들은 대문에 또는 그 곁 기둥에 크게 써서 붙였다. 그것은 지난 시절의 범사회적인 로고요, 구호였다. 소리 없는 부르짖음이었다. 그러니 그걸 써 붙인 집안에서는 정초 설날부터 웃음이 용솟음쳐

올랐다. 사람마다 식구마다 서로 크게 웃겨야 했다. 웃음은 곧 복이다. 행복이다.

웃는 얼굴에 침 못 뱉는다!

이런 속담도 크게 세력을 떨쳤다. 웃음은 실수를 감싸준다. 웃음은 그 자체가 첫값이 된다. 이웃 일본에서는 젊은 여성은 봄에 피는 꽃, 가을에 지는 잎을 보고도 웃는다고 했다. 이것은 젊음이 실없다거나 속절없다고 우기는 것이 아니다. 아예 내놓고 젊음은 웃음으로 넘치는 웃음판임을 말하고 있다. 종알종알하는 것과 함께 와그작댐과 더불어서 와하하! 깔깔깔! 그것이라야 비로소 젊음이다. 젊음은 웃음의 한철이고 웃음의 천국이다.

웃음도 그 종자가 여간 많은 것이 아니다. 갖가지에, 가지각색에, 각양각색이 뒤엉겨 있는 것이 웃음이다. 실없는 웃음, 심심풀이로 시간이나 벌자고 웃는 웃음이 제일 흔하다. 이것은 영어로 '난센스 코미디'니, '파스farce'니, '슬랩스틱slapstick'이니 하며 얕잡아 보는 웃음들이다.

옛날 어느 마을에 바보 내외가 살았다. 그들은 가난하지만 주막을 차려서 먹고 살았다. 어느 날 웬 나그네가 하룻밤 자고 가자고 청했는데 그의 허리춤에 돈 꿰미로 부푼 포대가 감겨 있었다.
저녁 끼니를 먹으면서 그는 술을 청했다. 부엌에서 아내가 꾀를
부렸다.

"여보, 우리 저 사람 술에 백반을 타서 먹입시다. 그럼 잊음이 헐
해지고 머리가 비게 되어서 내일 아침에 돈 포대를 깜빡 잊고는
놓고 갈 테니까요."

나그네는 그런 줄도 모르고 백반 가루가 잔뜩 섞인 술을 몇 잔
걸치고는 이내 코를 골며 잠이 들었다. 문틈으로 안을 엿보는 주
인 부부의 눈에 나그네가 베개 곁에 풀어놓은 긴 돈 포대가 유달
리 크게 보였다. 내외는 됐다! 싶었다. 그들은 잠도 자지 않고 아
침을 기다렸다.

그런데 새벽같이 일어난 나그네는 돈 포대를 다시금 허리춤에
알차게 차고는 길을 떠났다. 실망한 남편이 아내에게 따지고 들
었다.

"여보, 어찌된 일이오? 백반을 먹고서 잊음이 헐해지고 머리가
비어서 돈 포대를 깜빡 잊고는 여기 두고 갈 거라더니?"

아내가 정색하고는 되받았다.

"그럼! 잊음이 헐하지 않고요. 또 머리가 비지 않고요! 손님이
방세니, 술값이니 모두 깜빡하고 그냥 가버렸으니, 백반의 효험
을 너끈하게 본 거지 뭐요! 안 그래요?"

남편도 그렇구나 하는 듯이 고개를 주억거렸다.

이런 것이 한판 웃자고 웃는 파적거리 웃음이다. 이런 등속의 웃음은 적잖은 경우에 바보나 못난이들을 웃음거리로 삼게 된다. 이런 점이 마음에 걸리지만 그렇다고 해서 이 파적거리 웃음을 영영 배척할 수는 없다.

인터넷에 나돌고 있는 대부분의 웃음 그리고 텔레비전이나 라디오에서 나부대는 코미디 드라마의 웃음은 여기 속한다. 이때 인터넷의 웃음은 대부분 젊은이들의 창작이라는 것을 놓치지 말아야 할 것이다. 세상을 왕창왕창 웃음판으로 만들어서 깔깔대기로도 젊음은 그 기상을 발휘하게 될 것이다.

하지만 웃음에는 또 다른 종류가 있기 마련이다. 이건 제법 심각한 면도 갖추고 있다.

공산주의 체제가 무너지고 묵은 소비에트 공화국이 무너진 자리에 제법 개방적인 러시아가 들어선 극히 초기의 이야기 한 토막!

당시 대통령이던 고르바초프가 거리로 산책을 나갔다. 한길의 보도 위에 웬 할머니가 좌판을 놓고는 멜론을 팔고 있었다. 멜론도 예사 멜론이 아니었다. 타슈켄트나 알마아타 등 더운 지방에서 나는 맛난 멜론이었다. 사막 가까운 무더운 땅에서 자란 것이라서 그야말로 꿀맛인데다 크기가 웬만한 어른들의 베개를 두 개 겹친 것 만했다.

고르바초프는 이게 웬 떡이냐고 달려들었다. 모스크바에서는 미처 구경하기도 어려운 것이기에 더 마음이 내킨 것이다. 그는 다짜고짜 할머니 앞에 쪼그리고 앉았다. 그리고 코를 벌룽대며 냄새를 맡으면서 물었다.

"파는 거요?"

"별 양반 다 보겠네. 파니까 이러고 앉았지!"

"내가 사도 돼요?"

"정말 이상한 양반이네. 돈만 내시오."

그렇게 주거니 받거니 하다가 대통령이 멜론을 뒤집어보았다. 밑이 조금 썩어 있었다. 대통령이 따지고 들었다.

"할머니, 이게 무슨 짓이오? 밑이 썩은 것 하나만 달랑 놓고서 사라니?"

그러자 멜론 장수는 따지듯이 물었다.

"당신, 보아하니 우리 대통령 고르바초프 같은데, 맞아요?"

"그럼, 내가 대통령이지 않고요!"

그러자 노파가 정색을 하고는 말했다.

"우리가 당신을 뽑을 때도 당신 하나만 놓고 했지 뭐요!"

이건 이른바 풍자의 웃음, 새타이어satire 의 웃음이다. 웃음거리가 된 본인에게는 창날이거나 칼날이다. 그러나 옆에 있는 사람들은 통쾌하기 이를 데 없다. 배를 안고 뒹굴게 될 것이다. 풍자라는 것이 워낙 그런 것이다.

비아냥거려도 좋다. 누군가 잘난 척하지만 속으로는 문드러져 있는 사람, 바깥세상에서 권세를 누리고 이름을 날리고 있지만 그 인간성은 고물상에 내놓아도 아무도 거들떠보지 않을 사람, 이런 등속의 인물이 대개 풍자의 대상이 된다. 그들은 젊은이의 쟁쟁한 비판 의식 앞에서 마침내 구린 속내를 다 드러내고야 말 것이다. 젊음의 비판의 눈은 바로 칼날이고 비수이기 때문이다.

젊음은 위선자, 겉 다르고 속 다른 다중多重 인격자를 꼬집어 뜯는 풍자적인 웃음의 창조자이자 발신자가 되어야 할 것이다. 대부분의 프랑스 코미디는 바로 이 풍자의 웃음으로 우리 배를 틀어잡게 하는데, 젊은이일수록 몰리에르를 비롯한 프랑스 코미디 작가의 작품에 관심을 기울이는 것이 좋다.

둘

인간이란 참 묘해서 또 다른 웃음을 멋지게 빚어놓기도 한다.

프랑스혁명의 소용돌이 속에서 수많은 사람들을 단두대에 세웠던 로베스피에르 자신이 마침내 단두대에 서게 되었다. 이것이야말로 역사의 아이러니이다. 이 혁명의 우두머리가 혁명 동지였던 다른 사형수들의 뒤를 밟아서 드디어 단두대에 섰다. 그가 문득 사형 집행관에게 한마디를 던졌다.

"나 말이요, 내 뒤에 서 있는 동지들과 이별의 인사로 뺨을 맞추고 싶소."

사형 집행관은 웃기지 말라고 했다.

"뭘, 무슨 수작을? 곧 목이 날아갈 주제에!"

그러자 사형수가 되받았다.

"저기 사형대 밑에 나뒹굴고 있는 머리통들은 서로 맞대고 있는데, 살아 있는 내가 산 동지와 뺨을 좀 맞대면 안 되나?"

바로 이것이다. 이런 웃음을 유머라고 한다. 그것은 크게 웃기지는 않는다. 그저 입술 가장자리가 조금 벙긋하는 정도로 웃음이 얇게 번질 뿐이다. 그것이 유머의 특색이다.

어려운 처지를 당했을 때 또는 위기에 직면했을 때 웃음으로 넘길 줄 아는 마음의 여유야말로 유머의 웃음을 빚어낸다. 웃음 가운데서 가장 귀하고 소중한 웃음이 바로 유머임을 우리는 마음에 새겨야 한다.

젊은 나이에는 자칫 무슨 일에나 서두르기 쉽다. 그러다 보면 애가 타고 초조해질 수도 있다. 그래서는 주위를 살피는 마음의 여유, 사건이나 일의 앞뒤를 캐는 마음의 여유를 잃기 쉽다. 하지만 젊음일수록 멀리 내다보고 널리 살필 줄 알아야 한다. 그러자면 도량이 커야 할 것이고, 사물을 이해하고 보는 마음도 넓어야 할 것이다. 부당하게 서두르지 말고, 턱없이 조급히 굴지 말아야 할 것이다.

그러기 위해서라도 젊음은 유머에 익숙하고 또 그것을 실생활에서 활용할 줄 알아야 한다. 그러면 덩달아서 도량이 넓고 마음이 널따란 젊음을 가꿀 수 있게 될 것이다. 그러면 세상이 밝아져올 것이고, 사람들의 속내를 더 잘 이해하고 안아 들이게 될 것이다.

젊을수록 자주 또 많이 웃게 된다. 많은 웃음, 큰 웃음, 잦은 웃음은 젊음의 얼굴이다. 그래서 젊음은 웃음으로 그 인생을 화사하게 치장해야 할 것이다.

그대, 청춘

지은이 | 김열규

초판 1쇄 인쇄일 2010년 1월 22일
초판 1쇄 발행일 2010년 1월 29일

발행인 | 한상준
기획 | 박재호, 김현진
편집 | 윤정숙
마케팅 | 김현우
디자인 | 양시호, 디자인포름
종이 | 화인페이퍼
출력 | 경운출력
인쇄 | 영신사
제본 | 우진제책

발행처 | 비아북(ViaBook Publisher)
출판등록 | 제313-2007-218호(2007년 11월 2일)
주소 | 서울시 마포구 연남동 567-40 2층
전화 | 02-334-6123 팩스 | 02-334-6126 | 전자우편 crm@viabook.kr

ⓒ 김열규, 2010
ISBN 978-89-93642-11-7 03800